阿伯拉
與哀綠綺思的
情書

增訂新版

The Love Letters
of
Abelard and Heloise

梁實秋——譯　席慕蓉——繪

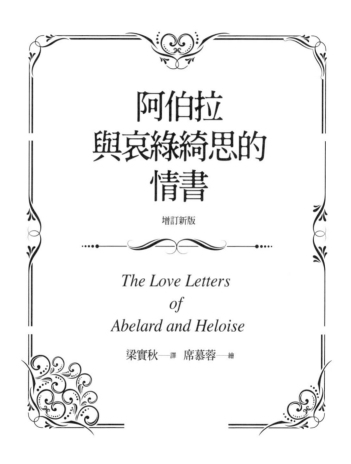

目錄

人生就是一個長久誘惑

——關於阿伯拉與哀綠綺思

梁實秋

我譯《阿伯拉與哀綠綺思的情書》（*The Love Letters of Abelard and Heloise*）是在民國十七年夏天，那時候我在北平家裡度暑假。原書（英譯本）為英國出版的 Temple Classics 叢書之一，薄薄的一小冊，是我的朋友瞿菊農借給我看的。他說這本書有翻譯的價值。我看了之後，大受感動，遂即著手翻譯。年輕人做事有熱情，有勇氣，不一定有計畫。看到自己喜歡的書，就想把它譯出來，在譯的過程中得到快樂，譯完之後得到滿足。北平的夏季很熱，但是早晚涼。我有黎明即起的習慣，天大亮之後我就在走廊上藉著籐桌籐椅開始我的翻譯，家人都還在黑甜鄉，沒人擾我，只有枝頭小鳥吱吱叫，盆裡荷花陣陣香。一天譯幾頁，等到太陽曬滿了半個院子我便停筆。一個月後，書譯成了。

暑假過後我回到上海，《新月》月刊正需要稿件，我就把《情書》的第一函、第二函發表在《新月》月刊第一卷第八號（十七年十月十日出版），並且在篇末打出一條廣告：

這是八百年前的一段風流案，一個尼姑與一個和尚所寫的一束情書。古今中外的情書，沒有一部比這個更為沉痛、哀豔、悽慘、純潔、高尚。這裡面的美麗玄妙的詞句，竟成後世情人們書信中的濫調，其影響之大可知。最可貴的是，這部情書裡絕無半點輕狂，譯者認為這是一部「超凡入聖」的傑作。

廣告總不免多少有些誇張，不過這部情書確是一部使我低徊不忍釋手的作品。這部書譯出來得到許多許多同情的讀者。不久這譯本就印成了單行本，新月書店出版。廣告中引用「一束情書」四個字是有意的，因為當時坊間正有一本名為《情書一束》者相當暢銷，很多人都覺得過於輕薄庸俗，所以我譯的這部情書正好成一鮮明的對比。

其實，寫情書是稀鬆平常的事。青年男女墜入情網，誰沒有寫過情書？不過情書的成色不同。或措辭文雅，風流蘊藉，或出語粗俗，有如薛蟠。法國的羅斯當《西哈諾》一劇，其中的俊美而無文的克利斯將，無論是寫情書或說情話，都極笨拙可笑，只會不斷重複的說「我愛你，我愛你，我愛你！」「我愛你」一語並不壞，而且是不能輕易出諸口的，多少情人在心裡燃燒很久很久才能迸出這樣的一句話，這一句話應該是有如火山之爆發，有如洪流之決口，下面還應有下文。如果只是重複著說「我愛你」便很難打動洛克桑的芳心了。所以克利斯將不能不倩詩人西哈諾為他捉刀，替他寫情書，甚至在陽臺下曚矓中替他訴衷情。情書人人會寫，寫得好的並不多見。

情書通常是在一對情人因種種關係不得把晤的時候，不得已才傳書遞簡以紙筆代喉舌。有一對情侶在結成連理之前睽別數載遠隔重洋，他們每天寫情書，事實上成為親密的日記，各自儲藏在小箱內，視同拱璧。後來在喪亂中自行付諸一炬。為什麼？因為他們不願公開給大眾看。有些人千方百計的想偷看別人的情書，也許是由於好奇，也許是出於「鬧新房」心理，也許是自己有一腔熱情而苦於沒有對象，於是借他人之酒杯澆自己之塊壘。總之，情書不是供大眾閱覽的，而大家愈是想看。

阿伯拉與哀綠綺思的情書是被公開了的，流行了八百多年，原文是拉丁文，譯本不止一個。中古的歐洲，男女的關係不是開放的，一個僧人和一個修女互通情書簡直是不可思議的事。中古教會對於男女之間的愛與性視為一種罪惡，要加以很多的限制（Gordon Rattray Taylor 有一本書 *Sex in History* 有詳細而有趣的敘述）。我們中國佛教也是視愛為一切煩惱之源，要修行先要斬斷愛根。但是愛根豈是容易斬斷的？人之大患在於有身。有了肉身自然就有情愛，就有肉慾。僧侶修女也是人，愛根亦難斬斷。阿伯拉與哀綠綺思都不是等閒之輩，他們的幾封情書流傳下來，自然成為不朽的作品。

中古尚無印刷，書籍流傳端賴手鈔。鈔本難免增衍刪漏，以及其他的舛誤。所以阿伯拉與哀綠綺思的幾通情書是否保存了原貌，我們很難論定。至少那第一函不像是阿伯拉的手筆。很像是後來的好事者所撰作的，因為第一函概括的敘述二人相戀的經過以及悲劇的發生，似是有意給讀者一個了解全部真相的說明。有這樣一個說明當然很好，不過顯然不是本來面貌。我讀了這第一函就有一種感覺，覺得好像是《六祖壇經》的自序品第一，不必經過考證就可知道這是後人加上去的。

阿伯拉是何許人？

阿伯拉（Pierre Abelard）是中古法國哲學家，生於一〇七九年，卒於一一四二年，享年六十三歲。他寫過一篇自傳〈我的災難史〉（*Historia Calamitatum*）述說他的一生經過甚詳。他生於法國西北部南次附近之巴萊（Palais）。他的父親擁有騎士爵位，但是他放棄了爵位繼承權，不願將來從事軍旅生涯，而欲學習哲學，專攻邏輯。他有兩個有名的師傅；一位是洛塞林（Roscelin of Compiègne），是一位唯名論者，以為宇宙萬物僅是虛名而已；另一位威廉（William of Champeaux），是一位柏拉圖派實在論者，以為宇宙萬物確實存在。阿伯拉自出機杼，獨創新說，建立了一派「語文哲學」。他以為語言文字根本不足以證明宇宙萬物之真理，宇宙萬物乃是屬於物理學的範疇。於是與二師發生激辯。

阿伯拉是屬於逍遙學派的學者，在巴黎及其他各地學苑巡遊演講，闡述亞里士多德的邏輯。一一一三或一一四年間他北至洛昂，在安塞姆（Anselm）門下研習神學，安塞姆乃當時聖經學者的領袖。可是不久他對安塞姆就感到強烈的不滿，以為他所說的盡屬空談，遂即南返巴黎。他公開設帳教學，同時為巴黎大教堂一位教士福爾伯特（Canon Fulbert）的年輕姪女哀綠綺思作私人教師。不久，師生發生戀情，進而有了更親密的關係，生了一個兒子。他們給他命名為阿斯楚拉伯（Astrolabe）。隨後他們就祕密舉行婚禮。為躲避為叔父發覺而大發雷霆，哀綠綺思退隱在巴黎郊外之阿干特意修道院。福爾伯特對於阿伯拉不稍寬假，賄買兇手將阿伯拉實行閹割以為報復。阿伯拉受此奇恥大辱，入巴黎附近之聖丹尼斯寺院為僧，同時不甘坐視哀綠綺思落入他人之手，強使她在阿干特意修道院捨身為尼。

阿伯拉在聖丹尼斯擴大其對神學之研究，並且不斷的批評其同修的僧侶之生活方式。他精讀聖經與教會神父之著作，引錄其中的文句成集，好像基督教會的理論頗多矛盾之處。他乃編輯他所發現的資料為一集，題曰「是與否」（*Sic et Non*），寫了一篇序，以邏輯學家與語文學家的身分制訂一些基本規則，根據這些規則學者們可以解釋若干顯然矛盾的意義，並且也可以分辨好多世紀以來使用的文字之不同的意義。他也寫了他的《神學》（*Theologia*）初稿，但於一一二一年蘇瓦松會議中被斥為異端，並遭焚燬處分。阿伯拉對於上帝以及三位一體的神祕性之辯證的解釋被認為是錯誤的，他一度被安置在聖美達寺院予以軟禁。他回到聖丹尼斯的時候，他又把他的「是與否」的方法，施用在這寺院保護神的課題上；他辯稱駐高盧傳道殉教的巴黎聖丹尼斯，並不是被聖保羅所改變信仰的那位雅典的丹尼斯（一稱最高法官戴奧尼索斯）。聖丹尼斯的僧眾以為這對於傳統的主張之批評乃是對全國的汙辱；為了避免被召至法國國王面前受訊，阿伯拉從寺院逃走，尋求香檳的提歐拔特伯爵領邑的庇護。他在那裡過孤寂隱逸的生活，但是生徒追隨不捨，強他恢復哲學講授。他一面講授人間的學問，一面執行僧人的任務，頗為當時其他宗教人士所不滿，阿伯拉乃計議徹底逃離到基督教領域之外。一一二五年，他被推舉為遙遠的布萊頓的聖吉爾達斯・德・魯斯修道院院長，他接受了。在那裡他與當地人士的關係不久也惡化了，幾度幾乎有了性命之憂，他回到法國。

這時節哀綠綺思主持一個新建立的女尼組織，名為「聖靈會」（Paraclete）。阿伯拉成為這個新團體的寺長，他提供了一套女尼的生活規律及其理由；他特別強調文藝研究的重要性。他也提供了他自己編撰的聖歌集，在一一三〇年代初期他和哀綠綺思把他們的情書和宗教性的信札編為一集。

一一三五年左右阿伯拉到巴黎郊外的聖任內微夫山去講學，同時在精力奮發聲名大著之中從事寫作。他修訂了他的《神學》，分析三位一體說信仰的來源，並且稱讚古代異教哲學家們之優點，以及他們之利用理性發現了許多基督教所啟示的基本教義。他又寫了一部書，名為《倫理學》（*Ethica*），又名《認識你自己》（*Scito te ipsum*），乃一短篇傑作，分析罪惡的觀念，獲到一徹底的結論，在上帝的眼裡人的行為並不能使人成為較善或較惡，因為行為本身既非善亦非惡。在上帝心目中重要的是人的意念；罪惡不是做出來的什麼事，實乃人心對明知是錯誤的事之許可。阿伯拉又寫了一部《一哲學家，一猶太人，一基督徒之對話錄》（*Dialogus inter Philosophum, Judaeum et Christianum*），一部《聖保羅致羅馬人函之評論》（*Expositio in Epistolam ad Romanos*），縷述基督一生之意義，僅在於以身作則，誘導世人去愛。

在聖任內微夫山上，阿伯拉吸引來大批的生徒，其中很多位後來成為名人，例如英國的人文主義者騷茲伯來的約翰（John of Salisbury）。不過他也引起很多人甚深的敵意，因為他批評了其他的大師，而且他顯然修改了基督教神學之傳統的教義。在巴黎市內，有影響力的聖約克多寺院的院長對他的主張極不以為然，在其他地方，則有聖提愛利的威廉，本是阿伯拉仰慕者，現在爭取到當時基督教區域中最有勢力的人物克賴福的伯納德的擁護。一一四〇年在森斯召開的會議，阿伯拉受到嚴重的譴責，這項譴責不久為教宗英納森二世所確認。他於是退隱於柏根底的克魯內大寺院，在院長可敬的彼德疏通之下，他和克賴福的伯納德言歸於好，旋即從教學中退休出來。他如今老病交加，過清苦的僧人生活。他死於附近的聖瑪塞爾小修道院，大概是在一一四二年。他的屍體最初是送到聖靈會，現在是和哀綠綺思並葬於巴黎之拉舍斯禮拜堂墓園中。據在他死後所撰的墓銘，阿伯拉被某些同時人物認為是自古以來最偉大的思想家與教師之一。

以上所述是譯自大英百科全書，雖然簡略，可使我們約略了然於阿伯拉的生平。他是一個有獨立思想的學者，一個誨人不倦的教師，而且是熱情洋溢的人。

哀綠綺思是怎樣的一個人呢？

可惜我們所知不多。她生於一〇九七年，卒於一一六四年，享年六十七歲。據說是"not lowest in beauty, but in literary culture highest."（在美貌方面不算最差，但在文藝修養方面實在極高。）這涵義是說她雖非怎樣出眾的美女，卻是曠世的才女。事實上哀綠綺思是才貌雙全的。二人初遇時，哀綠綺思年方十九，正是豆蔻年華，而阿伯拉已是三十七歲，相差十八歲。但是年齡不能限制愛情的發生。師生相戀，不是一般人所能容忍的。但是相戀出於真情，名分不足以成為障礙。男女相悅，私下裡生了一個兒子，與禮法是絕對的不合，但是並不違反人性，人情所不免。八百多年前的風流案，至今為人所豔稱，兩人合葬的墓地，至今為人所憑弔。主要的緣故就是他們的情書真摯動人。

「情書」裡警句很多，試摘數則如下。

「上天懲罰我，一方面既不准我滿足我的慾望，一方面又使得我的有罪的慾望燃燒得狂熾。」性慾的強弱，人各不同。阿伯拉一見哀綠綺思，便**「終日冥想，方寸紊亂，感情猛烈得不容節制。」**這時候阿伯拉已是三十七歲的人，學成名就，不是情竇初開的奇男子，他的感情已壓抑了很久，一旦遇到適宜的對象，便一發而不可收拾。哲學不足以主宰情感。阿伯拉並不是早熟，他的一往情深是正常的。「愛情是不能隱匿的；一句話，一個神情，即使一刻的寂靜，都足以表示愛情。」他們「兩人私會，情意綿綿。」可以理解，值得同情。

「你敢說婚姻一定不是愛情的墳墓嗎？」婚姻是愛情的墳墓，這句話不知誰造出的一句俏皮話?須知以愛情為基礎的婚姻，乃是人間無可比擬的幸福。從外表看，婚後的感情易趨於淡薄，實際上婚後的愛乃是另一種愛，洗去了浪漫的色彩，加深了牉合的享受，就如同花開之後結果一般的自然。婚姻是戀愛的完成，不是墳墓。婚姻通常有很長的一段時間，死而後已。

「**假如人間世上真有所謂幸福，我敢信那必是兩個自由戀愛的人的結合。**」人間最大幸福是「如願以償」。《老殘遊記》第二十回最後兩行是一副聯語——「願天下有情人，都成了眷屬；是前生注定事，莫錯過姻緣。」真是善頌善禱。兩情相悅，以至成為眷屬，便是幸福，而且是絕大多數的人所能得到的幸福。不一定才子佳人才算是匹配良緣，世界上沒有那麼多的才子和佳人。也有以自由戀愛始而以仳離終的怨偶，那究竟是例外。如願便是滿足，滿足即是幸福。

「**尼庵啊！戒誓啊！我在你們的嚴厲的紀律之下還沒有失掉我的人性！……我的心沒有因為幽禁而變硬，我還是不能忘情。**」忘情談何容易，太上才能忘情。佛家所謂「重離煩惱之家，再割塵勞之網」正是同一道理。出家要有兩層手續，剃度受戒是一層，究竟是形式，真能割斷愛根，一心向上，那才是真正的出家。基督教有所謂「堅信禮」，也是給修道者一個機會，在一定期間內如不能堅持仍有退出還俗的選擇。哀綠綺思最初身在修道院而心未忘情，表示她的信心未堅尚未達到較高的境界。

「**從來沒有愛過的人，我嫉妒他們的幸福。**」這是在戀愛經驗中遭受挫折打擊的人之憤慨語。從來沒愛過，當然就沒有因愛而惹起的煩惱。我們宋朝詞人晏殊所謂的「無情不似多情苦」，也正是同樣的感喟。但是人根本有情，若是從未愛過，在人生經驗上乃一大缺憾，未必是福。因吃東西而哽咽的人會羨慕從來不吃東西的人嗎？

「**人生就是一個長久誘惑。**」這是一位聖徒說的話。「除了誘惑之外，我什麼都能抵抗。」這是王爾德代表一切凡人所說的一句俏皮話。人生是一連串的不斷的誘惑。誘惑大概是來自外界，其實也常起自內心。佛家所謂的「三毒」貪瞋癡，愛就是屬於癡。愛根不除，便不能抵抗誘惑。阿伯拉要求哀綠綺思不要再愛他，要她全心全意的去愛上帝，要她截斷愛根，不再回憶過去的人間的歡樂，作一個真的基督徒的懺悔的榜樣，——這才是超凡入聖，由人的境界昇入宗教的境界。他們兩個互相勉勵，完成了他們的至高純潔的志願，然而在過程中也是十分悽慘的人間悲劇！阿伯拉對哀綠綺思最後的囑咐是：「**你已脫離塵世，那裡還有什麼配使你留戀？永遠張眼望著上帝，你的殘生已經獻奉了他。**」這樣的打發一個人的殘生，是悲劇，也是解脫。

我在「譯後記」說 George Moore 有他的譯本，我說錯了。他沒有譯本，他的作品是一部小說。《情書》之較新的英譯本是一九二五年的 C.

K. Scott Moncrieff 的，和一九四七年 J. T. Muckle 的。

——民國七十五年十一月二十二日

※上文有關柏拉圖一節，李明輝先生投書《中國時報》（民國七十五年十二月十四日），指出解釋未洽，易滋誤會，謹將原函刊後，並誌謝忱。

頃閱人間副刊十二月七日梁實秋先生〈阿伯拉與哀綠綺思的情書〉一文，發現其中有一段錯誤的論述。梁文中說：「他（阿伯拉）有兩個有名的師傅：一位是洛塞林，是一位唯名論者，以為宇宙萬物僅是虛名而已；另一位威廉，是一位柏拉圖派實在論者，以為宇宙萬物確實存在。」梁先生說：他的敘述是譯自《大英百科全書》。但這段論述卻不合一般哲學史的理解。在哲學中，當我們把實在論當作唯名論的相反立場（而非當作觀念論的相反立場）時，係牽涉到「共相」（universals）的實在性問題：實在論者承認共相（不是宇宙萬物！）有其實在性，唯名論者則把共相視為由抽象作用產生的名目而已，其自身無實在性。這是兩個語詞在梁文中應有的涵義。據我查《大英百科全書》，梁先生應是把「共相」（universals）解為「宇宙萬物」之意。

既然柏拉圖承認共相的實在性，因此，說威廉是「一位柏拉圖派實在論者」，這不算錯；但這個「實在論」卻不是梁先生所了解的「實在論」。梁先生的說法實足以引起誤解。

英譯本編者序

阿伯拉與哀綠綺思的信札，大約是在西元一一二八年間用拉丁文寫的，最初發表是在一六一六年在巴黎。拉丁原本於一七二八年初次在英國發現，以後譯本甚多，此處所用之闕名氏的譯本是一七二二年間刊行的。這實在不是翻譯，而是述意，不過其文筆之靈敏及情致之纏綿，實最足以表現原著的精神。這兩位著名的情人的故事，在信札裡已敘述得明白，他們的生平大略如下：

阿伯拉，是論理學教授，又是天后宮的牧師，當時是極著名的一個人，年三十七歲，一向過的是理智的生活，輕視情感。一天遇到了哀綠綺思，年方十九，才色雙絕，於是一見傾心，自沉於情海，那種一往情深的態度真是不可及的。理性與宗教都拋到九霄雲外；他想和她結婚，同時她也同樣戀愛著他，但是婚姻足以阻止他在教會裡的升發，所以她竟拒絕了他。——不過她的身心早已默許了他。她生了一個孩子，阿伯拉堅持要和她祕密結婚，但是她的情愛至為純潔無私，她否認她是妻，而很榮耀的要做一個情人。福爾伯特是她的叔父及保護人，大為震怒；雇買了助手，闖入阿伯拉的寢房，殘忍的割傷並侮辱了他。阿伯拉不能受這樣的羞恥；他沒有勇氣見他的學生，他更沒有節制力去守在哀綠綺思的近旁，於是他決計做了和尚。但是他有丈夫的氣概，他先要求哀綠綺思做了尼姑，他所嘗過的溫柔，庶幾不至於再讓別人領略。哀綠綺思心願的承認了；彼時他是四十歲，她才二十二歲。十年以後，阿伯拉的一封信流在尼姑庵裡，可巧落在哀綠綺思的手中，詞多哀怨，她知道他的心裡尚不知足，她自己也是不知足的。她覆信給阿伯拉，把當年抑制未發之情，一洩無遺。他覆信措辭介於宗教與悔怨之間，——既不願承受命運之撥弄，復不敢衝出樊籠。後又通信四封，情思趨於冷淡，後來又杳無音信。

阿伯拉於一一四二年死，時年六十三歲，二十二年後哀綠綺思亦死，葬在他的墓旁。後又遷葬於拉舍斯禮拜堂，其墳墓至今猶供人憑弔。

阿伯拉生時為論理學家，偉大的領袖，著述甚多，現在早已被遺忘了，他的哲學家的名譽，也死去了，——但是他的情書還是活著。

哀綠綺思，貌美而有學問，其聲譽僅次於莎茀，但是到如今，人僅知其為婦女中最熱戀的一個榜樣。

所以他們兩個傳到現在，成為標類的情人；他有男人的克服的狂慾，她有婦女的服從的唯一的願望。

此後寫情書者，沒有不引用彼此互曉之辭句而其辭句又採自此處的；但是此後刊布的情書，沒有一個比得上這個古代的熱狂的故事，這個故事乃是努力求得互忘——使人類的愛情沉入於神聖的愛情裡。

第一函

阿伯拉寫給他的朋友菲林特斯

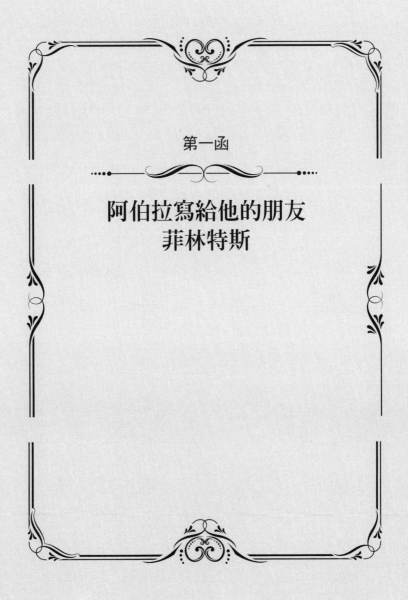

菲林特斯，我們上次會面時，你曾把你的不幸的慘史告訴我聽；我聽了很受感動，既是好朋友，所以也不免分擔了你的一些憂愁。為了阻止你的淚，什麼勸慰的話我沒有說過？所有的哲學方面的理由，我都講給你聽了，希望總可以減輕你的命運的打擊，但均歸於無效。我很知道，必是悲哀占據了你的全部的心靈，你的智慧不能幫助你，和你脫離了。但是我憑著靈活的友誼的精神，想出了一條減少你的痛苦的方法。

請你靜聽片刻，聽聽我的不幸的故事，然後你的身世也就算不得什麼，菲林特斯，比起親愛的不幸的阿伯拉來。你要知道，我這樣的勸慰你，我是忍著多大的痛苦；你要知道，這是我的友愛的最大的標記；因為我現在要詳詳細細的把我的慘史講給你聽，而回憶起這些往事，我的心都刺得銳痛呢。

你知道我生在什麼地方，或者你不知道我是生而賦有那些種族上的缺點，外人以為是我們國人所共有的——性情十分的輕浮而又非常的易變。我坦白的承認，但我也要直率的告訴你我也有許多別人看出來的優點。對於各種藝術，我的天性都極接近。我的父親是一位紳士，並且富有天資，他喜愛戰爭，但他的意見又和一般以戰爭為業的不同。他知道不識字不是好事，在軍營裡就與繆斯（Muses 藝術之神）和白龍娜（Bellona 戰神）同時交接。他處理家務也是如此，監督子女學習文事與武藝，都同樣的用心。我是他的長子，所以也是他最寵愛的，他對我的教育異常的注意。我的天資穎悟，所以讀書非常進步。我既酷嗜書籍，又受各方的稱許，於是希望終身致力於學問。至於戰爭的光榮與凱旋的烜赫，我留給我的兄弟們；不但如此，長子權和祖產我也都蠲給了他們。我知道貧乏乃研究之興奮劑，如其我勝過別人的地方只在於我的命運亨通，我也不配學者的名銜。在各種學科之中，論理學最合我的胃口。這就是我情願使用的武器。我有了理智的武器，便常喜歡參加公共雄辯，去贏錦標，我聽說有什麼雄辯發達的地方，我便像又是一個亞力山大一般，從一省跑到一省，尋訪可與我比試的新敵手。

想在論理學上獨步的野心，終於引我到了巴黎，當時那是文化中心，我酷嗜之學科亦在彼處最稱發達。我投到一位商波的門下，他在當時頗有最聰敏的哲學家的聲譽，不過也是靠他的消極的優點比較不愚黯而已。他很仁慈的收留了我，但是我不能長久的得他的歡心，因為他所討論的題目我過於通曉了，並且時常辯駁他的主張。在我們辯論之中，我常常堅持著我的有力的理由，使得他的狡智無所施其技。他這樣的被學生戰勝，自然不能不有羞憤的意思。所以說，一個人過於優異，有時也是危險。

我的聲譽愈鵲起，人家嫉妒我愈厲害。仇敵們設法阻礙我的進展，但是他們的惡意適足以鼓起我的勇氣。以我所激起的嫉妒衡量我自己的本領，我想我用不著再聽商波的演講，而很有資格給別人講演了。我於是擔任了美倫空餘出的講座。我的師傅竭力要妨害我的希望，但是無效；於是這次我戰勝了他的狡獪，如同我上次戰勝了他的學問一般。聽我演講者總是很擁擠，開始極為順利，我完全遮掩了我的著名的師傅的名譽。我十分得意，遷至考貝爾去攻擊那個地方的大師，好確立我自己的最能幹的論理學家的聲望。旅中勞頓，遂染疾病，並且久病不癒，醫生或者是與商波同黨，勸我遷還故鄉。於是我自願的走開了多少年。不消說，你們可以想像，我的別離在優秀的分子看來是一件遺憾的事了。後來我病癒，傳說我的最大的仇敵已經做了和尚；你或以為大概是因為迫害我而懺悔吧；其實不然，是由於野心；他想在禮拜堂裡得到高貴的地位，所以走上這條老路，披上假的尊嚴的袍子，因為這是走到宗教高位一條最易的捷徑。他的願望果然成功，任主教之職；但他並不離去巴黎，亦不捨去他的學校；他到他的教區裡收集錢糧，然後回來以餘閒向他的殘留的幾個學生講學。此後我常和他交戰，我可以用阿札克斯對希臘人的話答你：

那天爭的是一日短長，
若問究竟誰勝誰強，
我如不能令敵降我，
我從不曾潛逃示弱。

大約就在這時候，我的父白朗瑞很逍遙的活到六十歲，退隱到一個修道院裡，以無用的殘生獻給上天。我的母親，年紀還輕，也下了同樣的決心。她做了尼姑，但塵世的安樂也不完全摒除；她的朋友不斷的聚在她的窗前，她高興的時候把修道院收拾得十分美麗可愛。我的母親剃度的時候，我曾在場。

我回來之後就決計研究神學，想在這一門找一位導師。有人介紹給我一位安塞姆，是當時的大哲，但是我說句老實話，他這個人實在是年紀及臉上的皺紋較他的天才與學識為更可敬些。你如有什麼疑難請教，結果是這個疑點更為不明瞭。僅僅見過他的人，都敬慕他；和他理論過的人，都十分失望的。他極擅言辭，議論風生，但是言中無物。他的議論像是一團火，什麼東西也沒有點燃，煙氣倒遮暗了一切；又像一株樹，裝潢著各種枝葉，但是絕無果實。我來找他是想求學，他原來是像福音裡的無花果，又像魯堪比擬邦貝的老橡樹。我在他門下不久。我用古老的神父做嚮導，勇敢鑽研到聖書的海裡。不久，我進步神速，別人選我做他們的指導員。我的學生多到令人難信的數目，收入的報酬與我的聲譽成正比例。我現在穩固的泊在港裡了，風雨也過去了，仇人們的氣焰也消滅而終歸於無效了。我如其要善用這個和平，我就幸福了！但是心靈在愈舒適的時候，愈容易陷入愛情，即是安穩也是危險的狀態了。

我的朋友，我現在把我的弱點盡量的告訴你。我相信無論什麼人早晚總要向愛情納稅；要想避免是不可能的。我是一個哲學家，但是這個威脅我的心靈的暴主戰勝了我所有的智慧；它的箭頭比我所有的理智還強，憑著它的甜蜜的勢力引導到它心願的任何地方。上天降福於我多而且厚，我日日耽溺其中，如今給了我重大的懲罰。受這種苦痛的我總算是一個極端的代表，我的苦痛尤深，因為上天懲罰我，一方面既不准我滿足我的慾望，一方面又使得我的有罪的慾望燃燒得狂熾。好朋友，我把詳情告訴你，請你裁判我可是否應受這樣嚴重的科罰。

我一向厭棄浮蕩的婦女，追逐她們是件罪惡；我選擇時野心很大，很願遇到阻礙，剷除阻礙之後當可得更大之光榮與喜悅。

在巴黎有一位年輕女郎（啊，菲林特斯！）天生尤物，上天給人類觀賞的絕美的模型；親愛的哀綠綺思，她是牧師福爾伯特的著名的姪女。她的才智與美貌，即是木石心腸也要為之傾倒，她的教育亦同樣的高超。哀綠綺思亦是藝術中的能手。你可以猜想，這當然更足以使我銷魂；簡潔說吧，我見了她，我愛她，我決計要她愛我。光榮的渴望立刻在我心裡冷淡下去，我所有的情感都銷鎔在這一個新的情感裡面。我什麼也不想，只想哀綠綺思；無論什麼都足以在我的心裡引起她的影像。我終日冥想，方寸紊亂，感情猛烈得不容節制。我總是喜歡虛榮臆斷；我已經以最甜蜜的希望沾沾自喜了。我的名譽已經傳遍了各處，像這樣的一個壓倒當代學者的人，美德的女郎能夠拒絕嗎？我的年紀很輕，——我心裡僅為她發的海誓山盟，她能無動於衷嗎？我的儀表也很堂皇，看我的服飾沒人疑心我是一個學究；你知道，服飾對於婦女是頗有關係的。並且，我有天才善寫情書，所以希望如果她准我這愚蠢的人把我的心靈的呼聲獻給她聽，她讀了必定喜悅的。

有了這些念頭，我於是什麼也不想，只想設法和她講話。情人們總覺得天下無難事，否則便要使得天下無難事。我因著共同的友人結識了福爾伯特；你信不信，菲林特斯，他居然准我參入他的餐席，並且住在他的家裡?當然,我給了他很大的一筆錢,因為他這種人沒有錢是不成的。但是我有什麼捨不得給的!我的朋友,你知道什麼是愛情;你想想看,像我這樣的心情狂熾,長久的挨近我心戀的親愛的人,那是如何的快樂呀!我的當時的快樂,雖是帝王的位置我都不換。我看見哀綠綺思,我和她講話,——我的一舉一動,困惱的形容,都告訴了她我心靈的苦楚。她那一方面呢,落落大方的,使我發生無限的希望。福爾伯特要我教她哲學,因此我可以有和她獨聚在一處的機緣,但我是男人中最怯於宣示我的情愛的。

有一天我獨自和她在一處,我紅著臉說:「可愛的哀綠綺思,假如你知道你自己,對於你所引發的我的熱情,你也就不驚異了。雖然是非常的事,我可以用平常的話來表示——我愛你,可愛的哀綠綺思!從前我以為哲學是我們所有的情感的主宰,脆弱的人們在疾風暴雨中橫被馳驟毀碎的都把哲學當做隱藏的地方；但是你把我的安全毀滅了，你破壞了我的哲學的勇氣。我向來輕視財富、尊榮及其繁華，從不曾引起我的一絲半毫的顧念，只是美打動了我的靈魂；激起我的情感的她，若是承受了我的表示，那便是幸福；假如認為是開罪呢？」

「不！」哀綠綺思回答說，「她若是認為你的用情是開罪，她必是不知道你的優點。不過我為我自己的安靜起見，我願你不曾做這樣的表示，或是我能不懷疑你的誠意。」

「唉，神聖的哀綠綺思，」我匍匐在她的腳前說道，「我敢立誓——」我正要使她堅信我的情感的真誠，忽然聽見聲響，原來是福爾伯特。無法躲逃，我只得強制我的心願，改換談到別的題目上去了。

此後我得機會就解釋哀綠綺思因一般男子不忠誠的緣故所引起的疑

慕蓉 J.HSI

處；她也很情願我說的是真的，可以無須疑慮。所以我們頗能十分諒解。住在同一個家裡，蘊蓄著同一的愛情，使得我們兩個及我們兩個的慾望結合在一處。我們兩個在一處過了多少銷魂的光陰！我們利用所有的機會表示彼此的愛情，並且善於製造機緣使我們可以私相要會。皮拉靡斯與提斯比之發現牆隙，只算得是我們的愛情與急智的小小的表示。夜深的時候，福爾伯特和他的家人都在酣睡，我們兩人私會，情意綿綿；我們不像一般不幸的情人們以空想狂吻為足意，我們會充分的利用這親切的幽約。我們聚會的地方沒有獅獸的可怖，同時研究哲學又是我們的遮掩。我對於這些學問毫無進益，漸漸厭棄了，當我離開情人而去鑽研哲學的時候，我有無限的懊惱與悲傷。**愛情是不能隱匿的；一句話，一個神情，即使一刻的寂靜，都足以表示愛情。**我的學生們首先發現了我的隱衷；他們覺得我的靈敏的思想不復存在了；我現在什麼也不能做，只是寫詩安慰我的感情。我拋棄了亞里士多德和他的乾燥的定律，而去實驗較有才調的奧維得的條規。沒有一天不寫情詩的；愛情就是我的啟發詩思的阿波羅。我的情歌傳流到海外，備受讚美。凡是與我同樣溺在情海裡的人，沒有不認此事為美談的，而他們引用我的思想與詩句又往往可以得到不可倖得的青睞。我們的情史因此遠播遐邇，阿伯拉與哀綠綺思的生平變成人人談論的題目。

街談巷議終於傳到福爾伯特的耳裡；他聽了之後，絕難置信，因為他愛他的姪女；並且偏袒我。仔細調查之後，他漸漸不疑了。有一次他撞遇著我們情話纏綿。驚奇的結果有時是何等重大的打擊啊！但是這一次福爾伯特的震怒似乎很是和緩，因此我恐怕終久必有更嚴重的報復。當我不能不脫離這位牧師的家宅及我親愛的哀綠綺思的時候，我心中的悲哀與懊恨，真非言語所得形容。但是我們的身體愈是分離，我們的精神的結合愈為堅固；並且失望的境況使得我們能夠試做任何的舉動。

我的詭計並不給我多少羞恥，因為我把這次的事件認為很親切有味的；試想烏爾堪把馬爾斯和美神捉在他的網裡的時候，那些年輕活潑的天神說的是什麼話，大可為我寫照了。我和哀綠綺思的私約，被福爾伯特撞見了，有心肝的人，誰能不覺得是個侮辱？第二天我就在這親愛的家宅附近找了一個私人住處，決計必不放棄我的心中人。我住了很久，沒在公眾露面過。那幾天的工夫對於我是多長久的時期呀！我們從快樂的境界傾跌出來，忍受不幸，那是何等的焦躁呀！

我活著而不能見到哀綠綺思，那是不可能的，於是我設法聯絡她的婢女婀加頓。她的面褐而多姿，其人品似乎是在她的地位之上；她的容貌齊整，目光閃爍，凡非另有鍾情的人誰都要為之傾倒。有一次我遇見她隻身獨自，我就求她憐憫憐憫悲困的戀人。她回答說她必唯力是視，但是不能沒有酬勞。我聽見這話，便打開了錢袋，把能迷醉人心粉碎堅石的閃亮的金幣取了出來。

「你錯了，」她笑著搖頭說，「你不懂得我；假如金子能夠引誘我，一位多財的寺長早曾夜夜的站在我的窗前歌唱，他聲稱願意迎我到他的坊院裡去，據他說他的寺院坐落在世界上頂美的一個地方。又有一位廷臣答應給我一筆大財，並且囑我不必擔憂，萬一我們的愛情敗露，他可以把我嫁給他的僕人，並且給他一個優等位置。還有一位年輕的官佐，夜夜巡察過此必用各種方法向我謀算，這也不必提了。必定只是愛情令他這樣的追逐著我，因為我不像你的那些貴婦人，我沒有什麼指環寶石去引誘他。但是，在他這樣的愛情的包圍之中，他的羽飾他的繡袍並不能在我的心上留下傷痕。我將不會輕易被人捉牢的，因為我對於初次使我拜倒的那個人太忠誠了。」

她誠懇的望著我，我說我不懂她的旨趣。

「你也是一位強幹漂亮的人，」她回答說，「而你的了解力未免太遲鈍了。我是愛你呀，阿伯拉！我曉得你愛哀綠綺思，我也不怪你，我只願在你的愛情裡占一個第二的位置。我和我們的小姐一樣，也有溫柔的心腸；你可以無疑慮的回答我的感情。你不必多心；一個聰明的人同時應該愛好幾個，那麼有一個不成功的時候，他還不致沒有著落。」

你可以想像，菲林特斯，我當時聽了是如何的驚訝：我是完全的愛哀綠綺思，所以不管婀加頓說得合理與否，我立刻就離了她。我才走開她不遠的時候，我回頭一看，她大大的失望，咬著指甲；我深恐因此招出嚴重的結果。她果然急去見福爾伯特，告訴他我賄賂她，我想其餘的一段故事她必是隱去不提。牧師對我的舉動十分震怒；我後來才看出，他對於他的姪女的關心，實出於我當初意料之外。以後的情人請千萬的不要學我的榜樣，因為**一個被拒絕的婦人是最毒狠的動物**。婀加頓故意的夜夜守在她的窗前，讓我不得見著她的小姐，而給她的情郎各種慇懃獻媚的機會。

我不知所措了；後來我向哀綠綺思的歌師入手。閃亮的金幣對於婀加頓不生效力，卻迷惑了他。叫他投書遞簡，又隱祕，又靈巧，實在是最合格的人。他把我的書信送給哀綠綺思，她果然如約來到花園的一角和我會晤，我是用繩梯爬過牆去的。我承認我所有的脆弱，菲林特斯；假如我的仇人商波和安塞姆看見這位剛強的哲學家如此的狼狽，該是怎樣的得意呀。簡潔說吧，我遇見了我的心靈的喜悅——

我的哀綠綺思！我不必細述我們密會時的心飛神馳，因為時間不久，哀綠綺思告訴我的第一件事就使得我肝腸寸斷。她正要尋找一個海上仙島，在那裡去安穩的卸除她漸漸覺到的身裡面的擔負。不敢多費時間商議，我立刻使她逃開牧師家宅，黎明時向不列顛尼逃去；她在那個地方像女神一般給世界上又產生了一位阿波羅，由我的一位姊姊照護。

我把哀綠綺思領走，在福爾伯特方面是很夠厲害的一個報復。他十分的著急，把上天賦他的很少量的智慧也急得失掉了一般。他的悲慟情形使得喜歡挑剔的人要疑心他不僅僅是哀綠綺思的叔父哩。

簡潔說吧，我漸漸憐憫他的不幸，想想愛情逼著我做的強奪行為究竟是件背叛的舉動。於是我把過去種種都誠懇的懺悔，想要減輕他的憤怒，並且懇摯的約定，與哀綠綺思祕密結婚，他應允了，於是在擁抱宣誓之中我們又重歸於好了。不過一個無知的宗教家所說的話怎足憑信呢？他原來是在計畫著一個殘酷的報復，下面便有分曉。

我向不列顛尼首途，去接回我的親愛的哀綠綺思，我現在認定她是我的妻了。當我告訴她牧師和我商洽的經過情形，她的意見和我的相反了。她堅持無論如何不欲與我締婚，——結婚是哲學家的一個永遠致命的束縛；兒童的呼號，家庭的照料，與研究學術所必需之寂靜狀態根本相反。她引給我聽所有的關於這個問題的文字如諦奧弗拉斯特斯，如西塞羅，尤其固執著那不幸的蘇格拉底，他快樂的脫離生活，因為用這個方法他可以脫離他的妻子贊提皮。

她說：「做你的情婦，而不做你的妻子，對於我豈不更為適宜？**要使我們兩個的心堅固的凝在一起，愛情不比婚姻為更有力嗎？儉省的艱難的嘗到的快樂，永遠是最有滋味，凡是容易的平常的總要漸漸變成淡薄**

無味。」

這些理論不能感動我，於是哀綠綺思請出我的姊姊和我說。路西婭（這是她的名字）把我拉在一邊說道：

「弟弟，你是想要怎麼樣？阿伯拉當真是要和哀綠綺思結婚嗎？她固然是值得永久的愛戀；美貌、青春，與學識，她無不齊備。你若愛這個你儘可愛慕，但是我不奉承你。試想，愛情也不過是一朵稍受病損就要殘謝的花兒罷了。香消玉殞之後，他將要後悔陷在至死方罷的圈套裡面。我看你將來會落得只能懷抱著婚後男子之唯一的後死的希望。你以為哀綠綺思因為學識而顯著更為嫵媚嗎？有些個虛偽的婦女，專會花言巧語，褒貶是非，評判作家的優劣。這樣的一個女子議論風生的時候，丈夫朋友僕從都要在她面前飛走。我知道哀綠綺思不是如此，她沒有這個毛病，不過情婦面前很悅耳的言談，在妻子面前稍有不雅即不能施用，這卻是很討厭的一件事。你說你確實是愛哀綠綺思，我很信得過，她已給了你特殊的明證。**你敢說婚姻一定不是愛情的墳墓嗎**？丈夫與主人是很嚴厲的名稱，恐怕哀綠綺思將來不是像你現在所想像的那隻鳳凰吧。她能不做一個婦人嗎？唉，唉，哲學家的頭腦竟不如別人穩健！」

我的姊姊說的漸漸熱烈起來，又繼續下去給我許多的理由，我怒著打斷了她的話，我告訴她她不了解哀綠綺思。

過了幾天我們離開不列顛尼，來到巴黎，完成我的計畫。我想結婚是要祕密的，所以哀綠綺思先隱居在阿干特意的尼庵裡面。

我現在以為福爾伯特怒氣消了；我很安心的住下去；但是，唉呀！我們的結婚並不足以抗對他的報復。請看吧，菲林特斯，他報復得多殘酷！他賄通了我的僕役；兇手深夜走入我的寢房，手拏著一把薙刀，我正在酣睡。於是我受了敵人所能發明的最羞恥的懲治；簡潔說吧，我的性命沒有失掉，但是失掉了男子的資格。這樣殘忍的舉動難逃公理。這個小人也受了同樣的刑罰，略慰我的不可補救的苦痛。是羞恥，不是誠心悔禍，使得我藏起來不敢見人，但是我不能捨離哀綠綺思。我心中充滿嫉恨，即使犧牲了她的幸福，我也不能使我的敵人得志。在我入修道院之先，我令哀綠綺思披了道袍隱入阿干特意的尼庵。我記得曾有人反對她做這樣殘酷的犧牲，她引用考耐梨阿於邦貝大帝死後所說的話回答：

親愛的夫主，我們不幸的締婚
招出這個厄運，我是禍因！
你既含辛茹苦走到命運的極端，

我也贖我愛情的罪，有禍分擔。

她誦了這幾句詩，便走上神壇，取了頭帔，定心皈依，像她那樣喜歡娛樂而又能仍舊享受的婦人，如此真是難得。我想起自己的弱點，不禁的臉紅，於是我不再思索，立刻隱入一個修道院，決計把無用的熱情從此消滅。我想上帝這樣深重的譴責我，正可以拯救我不淪入毀滅。為消遣空閒起見，因為閒暇正足煽起使我在世間致敗的罪惡之焰，我便要在隱居之中，把我從前自甘暴棄的天才重新善為利用。我把神父與官長所認為滿意的教規傳授給一般後進。同時我的新的名譽所引起的仇敵（尤其是阿伯立克與魯特耳夫，他們於師傅商波與安塞姆死後，繼承學術的主宰），開始攻擊我。他們誣我以最無稽的罪狀，抗辯也沒有用，一個議會竟罪及我的著作，並且加以焚燬。這件事使我極為痛心，菲林特斯，前次所受的福爾伯特的殘忍的禍害，比起這件事來，反倒不覺得怎樣了。

我新受的打擊及眾僧的流言，迫使我不得不去，於是隱居在諾真附近。我住在沙漠當中，以為可以免避聲譽，不致招敵人之忌。不幸又失敗了。許多許多的聽眾想向我領教，跟蹤而至。許多人遠離家鄉，來住帳幕，他們犧牲了舒適的生活豐美的肴饌，來粗食簡居。我頗像是一個荒野中的說教者，徒眾紛集。我的講演中絕無流言所欲中傷的事實。我們的靜居如不招嫉，那是何等幸福呀！我以豐富的收入建築了一個禮拜堂，獻給聖神，用了巴拉克利特的名字。因此又觸了我的敵人之怒，逼我離了這個棲身之所。我固不難捨去，但是當初特洛哀士的主教曾經允許我在那裡建一個尼庵，交給我的親愛的哀綠綺思掌管，我才把她安置妥貼，我竟又不辭而去了。

我在各處游居，並不很久，因為不列顛尼的侯爵聽說了我的不幸，薦我做聖吉爾達斯的寺長，至今我還在此處，天天忍受著鮮活的創痛。

我現在住在一個野蠻的國裡，語言不通；除了粗人之外，無可與言談的人。我的起居的地方是在人跡罕至的兇險的海岸上。我的僧眾只知道淫佚放蕩，生活沒有規矩。菲林特斯，假如你來看見這個寺宇，你一定不認為這是一個寺；門牆之上除了釘上去的野豬頭赤鹿腿可怕的獸皮之外，什麼裝潢也沒有。幽室裡掛滿了鹿皮；僧眾連醒睡的鐘都沒有，雞犬算是彌補了這個缺憾。簡直說吧，他們的時間消磨在狩獵上面，假如這就是他們的最大的過失，我倒要感謝上天了！他們的縱樂不止於此，我督促他們的職守，那是無用的；他們一致的反對我，我只招惹出不斷的煩惱與危險。我想像著我看見隨時都有一把亮晃晃的刀懸在我的頭上。有時他們圍著我公然侮辱；有時他們拋棄我，令我獨自苦苦的思索。我想苦痛即是修行，或者可以減輕上帝的怒氣。有時我想起失掉巴拉克利特的幽居，不禁傷感為之神馳。唉，菲林特斯！我對哀綠綺思的愛豈是不在我心裡燃著！我還沒有戰勝我那一段不幸的愛情喲！在隱居之中，我歎息，我飲泣，我愁困，我低呼哀綠綺思這個親愛的名字，我聽見這個聲音我就喜悅呀！我怨恨上天無情；但是，啊！我們別自欺了，我那裡正當的利用過上天的恩惠。我一生落拓；罪惡在我心裡種下的深根，我還不曾拔去，假如我真是皈依了宗教，我怎能還樂於重述我過去的過失？我只得這樣在苦痛中安慰我自己；我引上帝自己所說的話自己來受用——「假如他們迫害我，他們也要迫害你；假如世界恨你，你知道世界也在恨我。」菲林特斯，我們來努力，把我們的不幸變為有用，變為優美的，或者至少要剷除我們的罪孽：我們不必呶呶不休，我們甘心承受上帝的制裁吧，我們不要反抗上帝意志吧！再會了；我給你的這些勸告，如其我自己遵從了，我也要變為幸福的了。

第二函

哀綠綺思寫給阿伯拉

哀綠綺思謹以奴婢，女孩，妻室，妹妹，及一切的卑下的恭敬的親愛的名義，寫這封信給她的阿伯拉，她的主上，她的父親，她的丈夫，她的哥哥。

你寫給你的一個朋友的一封安慰的信，前些天可巧落在我的手裡；我知道這是我的愛人的字跡，所以我很好奇的便拆開看了。我所以敢於這樣自由者，是由於我自己以為無論什麼東西凡是從你那裡來的，我都有權利看的。為了要聽阿伯拉的消息，即使破除了什麼禮節，我也不介意的。但是我為了這一時的好奇，付了多大的代價呀！我因此而情思顛倒，你使我何等的詫異，因為你的信裡充滿了我們的慘史的真相！你提起我的名字，至百次之多；我每次看了都為之戰慄，因為緊跟著就是慘痛。你的名字，也是同樣的不祥。這些可愛的而又哀苦的回憶激動了我的心，激動得未免太劇烈了，我想你以這樣非常慘痛的厄運敘述給一個偶遭不幸的朋友聽，也似是太過了吧？我當時真是百感交集！我重新把舊事思量，心中悲苦與當初身受時竟不相上下。長久的時間雖然應該彌蓋了我們的傷痕，但是看你親筆描述一遍，足以重裂傷創，鮮血又泉湧了！你當初為你的著作辯護時的苦痛，我永遠不能從我的記憶裡塗抹下去。我不禁的想起阿伯立克與魯特耳夫之窮凶極惡。一個殘忍的叔父與一個負傷的情人，永遠在我的痛苦的目前湧現。我永遠忘不了你的學識引出來的敵人，你的光榮引出來的嫉妒。我永遠忘不了，你那樣正當贏來的名譽，被一般假的學者打得粉碎。你的神學論文不是被取締焚燬了嗎？你不曾受到終身監禁的威嚇嗎？你極力辯明你的本意與敵人誣入的不同，但是無效；凡你有所辯正，都是沒用，因為早已決定你必該是一個邪教異端！那兩個虛偽的說教者在森斯議會裡竭力攻訐你，什麼罪狀他們不構陷？你的禮拜堂定名為巴拉克利特的時候，什麼流言沒有發生！那些險惡的僧徒，你好意的叫他們認你做弟兄，而他們對你的攻擊是何等兇猛呀！我們這段充滿不幸的歷史，你寫來又是這等的真實生動，使得我心傷血流了。我抑制不住的眼淚，把你的信紙濕漬了一半；我很願用眼淚把全信都塗抹了，就那樣的把信退還給你；那麼雖然保存你的信只有頃刻的工夫，我也就滿足了；但是他們索還這封信過於急促了。

老實說，我在未讀你的信之前，我的心是安寧得多。當然，情人們的一切煩惱都是從眼睛傳送給他們的：我讀了你的信，就把舊時的傷心，重新勾起了。我們的殘酷的敵人至今仍在氣忿未平，而我們一向不曾略微表示我們的悲哀，我嘗暗自怪罪我自己。長久的時日，本可以減銷最強的嫉恨，然而對於他們似乎適足以加重；既然他們決意要對於你的美德加以迫害，除非等到你躲到墳墓裡去——就到那個地步他們或者也不容你的屍骨安穩的睡著——所以我不能不想念著你的災難，我要把這種情形公開於全世界，去羞媿這個不能賞識的時代！我是一個人也不饒恕，因為沒有一個人肯幫助你，而你的敵人誣毀你的清白是無所不用其極的。唉！我的心裡充滿了過去罪惡的回憶；可還有再令我恐懼的嗎？提起我的阿伯拉，永遠不能不帶著眼淚嗎？說起這個可愛的名字，永遠不能不歎息嗎？你看看，我請你，你使得我何等神傷呀；悲哀，苦痛，除了從你那方面以外，絕無可能的慰藉。你可別不溫和，你也別吝惜僅你所能施給的救濟。所有關於你的一切情形，請真實告訴我；無論是怎樣的悲慘，我都願意知道。或者把我的歎息與你的歎息混合起來，可以減少你的苦痛，因為據說悲哀一經分擔便會減輕的。

你不要藉口怕我流淚，婦人而幽居於悲哀的深處，虔心懺悔，她是不能不流淚的。你若是靜候著機會，寫給我們一些歡樂的入耳的話語，那麼恐怕你要不知等到什麼時候。善人很少成功的，命運是瞎的，人海中也許有一個聰穎勇敢的人，休想命運能選中了他！請立刻寫信給我，不用等著不可能的命運吧；好運是很少有的，我們也實在過慣了厄運，不希冀好的轉機了。我接到你一封信，便知道你是還在記憶著我，我但願如此，便有無限慰藉。森尼喀（你曾使我熟悉他的著作），他雖然是個禁慾派的哲學家，他也很能了解這種快樂，他撕開綠西立婀斯的來信的時候，他想像著他得到了他們晤談時的一般快樂。

自從別後，我嘗感覺到，我們所愛的那些影像，在距離遠的時候比近的時候為更可愛。好像是人愈隔離得遠，人的容貌愈完美愈逼真；至少我們的想像使得我們這樣想，因為我們要是想再看見某某，

慕蓉 J. HSI

想像便永遠會把他的容貌顯現出來。愛情有一種奇特的力量，能夠把假的看成真的，等到你愛的真的對象回轉來的時候那也不過是一塊小小的帆布，幾堆顏料而已。我的屋裡有你的一張畫像；我走過像前，我總要停著看看；但是你若在我面前，這張像我一眼也不要看它的。假如一張畫像，不過是一個對象的無聲無響的象徵，而能給我們這樣的快樂，那麼書信所能啟發我們的快感，豈可限量？**書信是有靈魂的；能夠言語；有表示心中一切哀樂喜怒的能力；含有吾人一切的情感的烈焰，能引起如吾人對晤時一般的熱烈的心情；有言語的溫柔旖旎，有時更有言語裡所不能有的直率。**

我們可以互通書信；這樣純潔的愉快，我們是可以有的。這是我們唯一的遺留的幸福，也是我們的敵人所不能掠奪的唯一的幸福，我們不要因忽略而拋棄了啊。在信裡我可以讀到你是我的丈夫，你可以看到我署名是你的妻。雖然我們有種種的不幸，在信裡你可以任意縱情的寫。當初發明書信，為的就是安慰像我這樣的孤寂無聊的人。我既然不能有具體的快樂去看見你並擁有你，我只好在你的信裡尋求一點快樂，藉以補償這個損失。在你的信裡我可以讀到你的最神聖的思想；我永遠把你的信帶在身邊，我無時無刻的不要吻你的信；假如你也能有一點嫉妒心，這些信便是你的情敵，請你嫉恨我對於這些信的親暱吧。你寫信既不費事，請你隨便的不矜持的寫信給我；我寧願讀你的心靈的流露，不願讀你的腦筋的思維。你若不告訴我你還愛我，我簡直不能生活；但是我知道你為你自己的安適，你也不會不這樣告訴我的。你對你的朋友的悲慘的訴苦既然引起了我的悲哀，你也該表示你的不變的愛情來撫慰我。

你要安慰一個苦痛的人，於是你把一個更大的不幸來比較他的不幸，你這個好意的手段，我絕不怪罪。你是慈善為懷，才想出這樣神妙的計畫。你和你的朋友的交誼固然是很親密，但是你對於我們的關切就比較淡薄嗎？我們是你的「姊妹」；我們自稱是你的孩子，如其還有更親愛更密切的稱呼，我們無不樂於引用。假如我們真是忘恩負義，對你不表謝意，這個禮拜堂，這個神龕，這個圍牆，都會要責譴我們，替我們表示。不過我永遠是愉快說，你是這所寺宇的創設者，完全是你的成績。你住在此地，已使得此地顯著而神聖，從前此地只是著名的常發生搶劫與命案。你實在是把一個盜賊之窟化為了一個祈禱之家。這個修道院並非是仰給於公家的慈善捐助；圍牆的建立也非由於橫征暴斂；基礎也非設在卑鄙的勒索之上。我們所敬禮的上帝只允許你所安置在此地的純潔的財富，及虔誠的信徒。這個新的園林，無論如何，是你的成績，用你的全力來經營改進，那是你的職責，這應該是你的一生主要任務之一。雖然我們已經出世，發誓皈依，似乎可以不受外界的引誘，雖然我們的門牆禁絕外人侵入，但這只是如樹皮一般，表面上防止侵害而已；內存的腐敗的汁漿會於不知不覺之間散播各處，也許竟侵入心臟，最煥發的樹木或竟因之畢命，除非是不斷的留意培植。我們的美德是移植在天性與婦女之上的：天性是變動的，婦人是軟弱的。在上帝的園林之內種植是一件偉大的工作；既經種植之後，就須要偉大的培護修飾。異教的「使徒」，他總算是一個偉大的工作者，他曾說，是他種植的，是阿波羅斯灌溉的，但是上帝給的生長。保羅向珂林茲人播種福音，他的熱心的門徒阿波羅斯繼續努力的培植，上帝的仁慈應了他們的祈禱使得他們兩人的工作得到效果。

這應該是你對我們的態度的一個榜樣。我知道你是不懶，但是你的工作不是向著我們的方向；你的精神都費在思想俗陋的人身上，真正軟弱無力在向天堂路上躑躅的人們，竭盡全力而猶隕越堪虞，這種人你反倒不肯加以援手。當你和那些沉溺於世俗的肥沃的人們談話的時候，你實在是把福音的珠寶擲給了豬群；那些純潔的綿羊，雖是溫柔，卻願隨你走遍沙漠山嶺，而你倒疏略了她們。為什麼你為了忘恩負義者含辛茹苦，而你的孩子們心裡充滿了對你的感念，你反倒不肯一顧呢？我為什麼以你的孩子的名義來懇求你？是因為用我自己的名義便不得要領嗎？必須用別種名義來祈禱才能打動你嗎？聖奧斯丁，特圖立安，與哲羅姆，也曾寫信給幽都西婀，寶媯斯，梅蘭妮婀；你讀到這些聖徒的名字，你就不想起我來嗎？你要是倣效聖哲羅姆與我談論聖經，或是倣效特圖立安向我宣講禁慾真諦，或是倣效聖奧斯丁給我解釋慈悲的性質，這可算得是罪過嗎？為什麼我不可以單獨的享受你的學問上的成績呢？你給我寫信，你實在就是寫信給你的妻；我們的婚姻已使得我們的通信成為合法，你既然可以使我滿足而同時又不致引起流言，那麼你為什麼不使我滿足呢？我因為有誓約的關係，並且我又怕我的叔父。你卻沒有什麼可怕的；你用不著顧慮。你可以見我，聽我歎息，同情於我的一切哀苦，而不致惹出危險，因為你只能以眼淚及語言來救濟我。如其我隱在這修道院裡是合理的，你該勸我虔誠的隱在這裡。我的一切的不幸都是緣你而起的，所以你應該是我的一切的慰藉的工具。

你該記得（因為情人們不會忘記的）我當初聽你談話，整天整天的過去，我是何等快活。你不在我跟前的時候，我便誰也不見，獨自的給你寫信；我的信沒達到你的手裡的時候，我心中何等不安；我費了多少心機來尋求送信的人。這些情形也許使你驚異，以後的事還許使你悲苦。不過我絕不再以為是可恥，我對你的愛情實在是無涯的，因為我不僅是如此。我恨我自己，為什麼我要愛你；我來到此地，為的是把我自己永久幽禁起來，毀壞了我自己，好讓你安心的寂靜的生活。只有美德，參加上與感官無涉的愛情，才能產出這樣效力。罪惡不能引人做出這樣事，因為這事對於身體過於戕賊了。我們愛快樂，愛的是活的，不是死的。我們離開的時候，懷著滿腔熱望，而我們所熱望的人對我們全無半點情意。這是我的殘忍的叔父的見解；他以一般婦女天性之脆弱來衡量我的品德，他以我愛的不是那個人，是那個男人。但是他的謬誤是無效的。我愛你只有比從前更甚的；我就這樣的報復他。我將以我心中的全副溫柔來愛你，直到死的一天。假如從前我對你的愛不像這樣的純潔，假如我當時是身體與靈魂都在愛你，我也曾屢次和你說過，我喜歡占據你的心，勝過一切其他的快樂，你的身體我認為是最無價值的一部分。

你也許不相信這話，因為我曾極端的表示不願和你結婚，雖然我明知妻的名義在塵世上是名譽的，在宗教上是神聖的；但是情人的名義較為更美，因為是較為自由。婚姻的結合，無論如何榮耀，總帶著一些必要的束縛，我是不情願勉強的永遠愛一個未必能永遠愛我的人。我看不起妻的名義，我願意以情人的地位快樂的生活著；我看你給你的朋友的信，你似乎是還沒有忘記我當初待你的柔情——以及我對你的愛願其與日俱進的苦心。你的信裡說得好，我把婚約看得很淡薄，因為婚約的結合到死便要解除，死了之後，生活與愛情一齊消滅。但是你還沒有說起，我嘗說我是十分甘心願意和阿伯拉住在一起，做他的情人，而不願跟任何別人去做全世界的皇后。我服從你比我做世界之王的皇后還較為快樂。財富尊貴並不是愛情的護符。真的愛情能使我們把情人和他的身外浮榮分開，他的權勢財富與職位均不值一顧，只把他當做他自己。

使一個女子投到一個懶怠的丈夫的懷裡的，不是愛情，是貪財貪勢的慾望。這樣的婚姻是野心而不是情愛所組成的。我相信這樣的婚姻能召致尊榮財利，但是這樣永遠不能嘗試到愛情結合的快樂，並且兩顆心長久的分離而終歸結合起來，那種玄妙的樂趣，也是不能嘗到的了。這些為婚姻而犧牲的人，無時不在希冀他們以為尚未達到的更大的幸福。做妻的總以為別人的丈夫比她自己的富，做丈夫的覺得別人的妻比他自己的美。他們這種唯利是圖的婚約只能產生懊悔，由懊悔而惱恨。於是他們只好離異——或是想要離異。他們為求多金而心情激動不寧，這實在是懲罰他們藉愛情牟利而不以愛情為目標。

假如人間世上真有所謂幸福，我敢信那必是兩個自由戀愛的人的結

合，他們的結合是由於私密的衷心，以彼此的美點互相滿足。他們的心是充實的，沒有別種感情的餘地；他們享受永久的安寧，因為他們知足了。

假如我能相信你滿足我如我滿足你一般，我可以說我們兩個曾經是這樣的一對。唉！我如何能不確信你的心呢？假如我真懷疑，大眾一致的對你的尊仰也足使我信賴你了。有什麼國土，什麼城市，不盼望你蒞臨？你若退休的時候，能不使人人神傷淚落嗎？誰不是以見了你為榮幸？即是一般婦女，也免不了要破除禮節，表示出她們對你的感念之深遠過於尊敬之意。我認識許多婦人，對於她們的丈夫極口的誇讚，但是還嫉羨我的幸福。可是什麼能拒絕你呢？你的名聲足以打動我們婦人的虛榮，你的神情態度，以及表示心中敏捷的雙目炯炯，言談犀利，娓娓動聽，總而言之，件件都足為你生色！你和一般僅僅是學者的不同，他們學識淵博，並不見得能議論風生，智慧過人，亦不定能贏得一個婦人的歡心，雖然婦人的才智遠不及他們。

你寫詩是何等的流利呀！雕蟲小技，在你固是一種消遣，然而也正是高尚的消遣。小小的一首歌，或是你隨便給我寫下幾行，裡面都有萬千美妙之處，足以使之與世界上的情人，同垂不朽。所以你專為我寫的歌，將來要為別的婦女唱了，並且你表示愛情的那些自然溫柔的辭句，日後也可以幫助別人去宣洩他們的情緒，或者比他們自己所能表示者格外的動聽哩！

你的這樣的風流給我招出多少敵手啊！多少的女子不是都想要和你親近？這是她們的自憐付給她們的美貌的貢稅。我時常看見很多的女子，你不過平常的訪問一次，她們偶然的被讚為你詩中的絲爾瓦，她們便歎息著宣示對你的愛情。又有些個女子，因為失望與嫉妒，辱罵我說，除了你的獎飾以外，我自己並無手姿，並且說我並沒有勝過她們的地方，除了被你愛上以外。不知你信不信，假如我告訴你，先不提我的女性，我的確是以為特別愉快，我能有一個愛人，他因為我的丰姿而愛我；我暗自覺得歡喜，因為有一個男人愛慕我，他能把他的情婦抬高到神仙的地步，我因為你的光榮而喜悅，你凡有所稱讚，我不想我是否值得你的稱讚，我總引為快事，你形容我是什麼我就是什麼，因為這樣我才能確定我是得你的歡心。

但是，唉！快樂的時代而今安在？我現在傷悼我的情人，快樂一點也沒有了，只剩下一個快樂盡逝的痛苦回憶罷了！你們知道吧，你們當初張著嫉妒的眼睛望著我的幸福的情敵們喲，你們嫉恨我的那個人，他永久不能再是我的了。我曾愛他；我的愛就是他的罪，就是他受懲的根由。我的美曾經迷醉了他；我們彼此歡愛，於是一起在寧靜幸福之中過了許多頂光明的日子。假如這就是罪，這是我所喜歡的一種罪，我沒有別的遺憾，除了我現在悖了心願必須無罪。但是我說什麼呢？是我不幸，有了殘酷的親族，破壞了我們享受的寧靜；如其他們講理，我現在一定是幸福的和我親愛的丈夫享樂。唉！他們多殘忍，為了一時的盲目的暴怒，教唆暴徒在你睡中施那毒計！我在什麼地方，那時節你的哀綠綺思在那裡？我若能為我的情人防護，我該何等高興；我寧願犧牲性命，在暴力之下保護你。唉！我的過度的熱情驅使我到了什麼地步？如今愛情是震碎了，我羞媿的沒有話可說。

我自出家為尼之後，你為什麼竟疏遠了我呢？我所以如此，原是為了你的體面，並且是我的心甘，而是你的情願。請你告訴我，你為什麼冷淡，或者請你准許我表白我的私衷。你所以要和我結合，豈不是為的愉快嗎？我的溫柔體貼，使你完全滿足，果然就消滅了你的慾望了嗎？薄命的哀綠綺思！當你願意避免的時候，你是可以歡樂的；

當你能把獻香的手推開的時候，你應得那馨香；不過你的心既然軟化降服，你既然鍾情，犧牲了你自己，你就合該被人摒棄，被人遺忘！經過這番苦痛經驗，我深深相信，避免我們所太親熱的人，是件很自然的事，非常的多情產出冷淡，而不產出感激。我的心想要贏得戰勝者的尊敬，投降太快了；你不費事的贏得我的心，所以你也不猶疑的把它拋掉。你雖然這樣的忘恩負義，我可並不應允你，我雖然不該再懷著什麼私心，可是我還暗自藏著一個願意被你愛的希望。當我宣誓皈依，你最後的給我的信還在我身邊，你在信裡明說你的全身心都屬於我了，並且你是終身的愛我。所以我是把我獻給了你；你據有了我的心，我也有了你的；你不要收回什麼去呀。你必要領受我的情，因為按理說是屬於你的，無論如何你也不能解脫掉。

噯喲！這樣講法何等無謂！我在此地看見的只是神祇的標記，而我口裡講的只是男人！為了你的行為我才落得如此，你這個不忠實的人！你應該一下子就中止愛我嗎？你為什麼立刻的拋棄我，而不暫時愚弄我片刻呢？假如你稍微向我露示一點愛情垂死的神情；我寧願受你愚弄。我不能誇口說你的愛情不變，你沒有留下一點痕跡為你辯解。我熱烈想見你，不過那既是不可能，我讀你幾行親筆的信就也滿意了。一個愛人寫信，真那樣的難嗎？我不要你那充滿學問專為你的名譽而寫的信；我所要的只是心靈流露不得不寫的信，用手寫都來不及寫的信。我也是空懷希望，我做了尼姑之後以為你永遠是全部的屬於我，將來我可以在你指揮之下生活著。因為在我修度的時候，我只立誓終身屬於你，於是服從你的意旨，甘心願意的把自己幽隱起來。你把我放在修道院裡，只有死能使我離開這個地方；就到那時候我的屍骨還是留在此地，等候著你的，表示我自始至終的對你服順忠誠。

為什麼我要把我心中的祕密瞞過你呢？你知道我所以來到此地，並非是因為虔敬天神。你的良心不容你不承認。我已經在此地了，並將留在此地；一段不幸的情史和一個殘酷的親族迫陷我到了這個地方。假如你以後不再對我關心，假如我失掉你的愛情，那麼我在此幽禁得到了什麼益處？我能希望什麼補償？我們的愛情之不幸的結局，和你的受辱，使我披上了這貞潔的袍子，我並不是對於往事悔禍。我就這樣的苦行奮鬥。她們是嫁給上帝的，我是嫁給一個男人；她們是十字架之俠義的擁護者，我是人慾的奴隸；在一個宗教團體之上，我只對於我的阿伯拉忠誠。我是怎樣的一個怪物喲！上帝啊！你啟導我！我不知是我的哀苦抑是你的慈悲引我說出這些話來！我承認我是一個罪人，但是我不為我的罪惡而哭，我卻為我的情人哭；我不怵畏我的罪狀，我只願再多添幾樁；我又有與我地位不宜的弱點，過去的快樂既不能再享，我便喜歡不斷的回想舊樂。

仁慈的上帝！這是怎麼一回事？我責罰我自己的錯誤，我也控訴你的錯誤，但有何益？雖然我現在已蒙了面紗，但是你使得我的心境何等糾紛！以義務向私心爭戰，那可有多難！我明知蒙了面紗便有了義務，但是我的情史在我心中的力量，我感覺得格外強烈。我被我的感情所征服了；愛情煩鬧了我的心，攪亂了我的意志。我有時候也有虔敬之念從我心中油然而生，但是過不了一刻的工夫，我的想像又受溫柔情愛所支配了。我昨天不願說的話，我今天都說了吧。我已決定不再愛你；我覺得我曾立過誓，捨過身，好像是已經死了葬了一般，但是出我意料之外，從我心中深處湧出一股情感，把我這些思想全戰勝了，把我的理智與宗教都遮暗了。你在我的靈魂隱處統治著，我不知那裡去攻擊你，我每次想斬斷你我間的連鎖，但我只是自欺，我的掙扎只是把連鎖愈弄得堅牢而已。啊，為了惻隱的緣故你幫助一個不幸的人棄絕她的慾望吧——棄絕她自己——如其是可能棄絕了你！如其你是一個情人——一個父親，請你幫助一個情婦安慰一個孩子吧！這些親熱的名稱一定可以感動你了，你或是憐憫或是惜愛吧。如其你能滿足我的請求，我將繼續做一個宗教信徒，不再瀆褻我的職分。我願同你向上帝的慈悲之前拜倒，上帝拯救我們的苦難，洗滌我們的罪惡，防止我們的放縱，並且漸漸的使我們睜開眼睛看到上帝仁慈廣大無邊而當初我們是看不到的。

我想我的信就止於此了，但是我既要向你怨訴，我就要傾吐我的衷腸，把所有的嫉恨惱怒一起告訴你。我實在也覺得難堪，我們兩個都皈依天神，而我卻要首先如此。我說：「阿伯拉是否猜疑我如羅特的妻一般事後翻悔？」假如說我的小小的年紀，將來恐怕不免要還俗，那麼，我的品行，我的忠實，和我這一顆你該知道的心，還不應該把這些不諒解的疑惑排除了嗎？這樣的不信任使我傷心；我向我自己說：「當初有個時候，我信口說的話，他都信任；如今非要我發誓才能使他不疑嗎？我一生做了什麼事使得他對我疑慮？他每有幽期密約，我必去和他相會，我能拒絕跟他去面對神明嗎？為了滿足他，我不曾拒絕做幸福的犧牲者，而他要我做名譽的犧牲，我能不應命嗎？」上流的人果然是歡喜罪惡，一嘗到罪惡的酒便難於承受聖徒的酒樽嗎？你是不是以為你自己比較的宜於教惡而不宜於教善，或是我容易學惡而不容易學善？不是呀；這樣的疑慮於吾們兩人都是有害的；美德是只要你看出它的美妙你便不能不實行，罪惡是只要看出它的醜陋你便不能不規避。不，只要你歡喜，我覺得什麼都是可愛，當你在我身旁的時候，沒有東西是醜的。我獨自居處沒有你來保護，我便覺得軟弱，所以我是怎樣，完全要看你的意志如何。我真願你對於我沒有這樣大的威力！你若是也有所忌憚，你也就不致這樣疏遠我了。但是你有什麼可忌憚的呢？我已經盡了全力，無可再為力了，只得在你的忘恩負義之中唱著凱旋。我們幸福的一同生活著的時候，你也許懷疑我所以和你結合究竟是為了快樂的成分多還是愛情的成分多，但是我現在寫信的這個地址可以消釋你的疑團了吧。我在此地也像在俗間一樣的愛你。假如我是愛快樂，我就找不到滿足我自己的方法了嗎？我今年不過二十二歲，雖然我失掉了你，還有別人哪。然而我把我自己活埋在尼姑庵裡，在這可以盡量享福的年紀，決然摒棄了生活。紅顏未謝，為你做了犧牲，為了你而寂寞獨宿；你既不能再領受我的容光，我便奪去獻給上天，啊喲！如此說來我是把我的心我的性命我的一生做了次要的祭品！

關於此點我知道談論過久了；我該向你少說一點你的不幸我的痛苦。我們的最美的行為，若是我們自己去稱讚，就要減掉光采。可是有時候我們可以自己吹噓，不覺得怎樣不合適；我們要講起那些忘恩負義的人來，我們稱讚自己幾句，亦不為過。假如你是這種樣子的人，我對你所發的感想就算不錯。我雖然沒有決斷，我還是愛你，並且我不敢有所希冀了。我已摒棄了生活，禁絕了一切，但是我從不能丟掉我的阿伯拉。我雖然失去了情人，但是我還保藏了我的愛情。尼庵啊！戒誓啊！我在你們的嚴厲的紀律之下還沒有失掉我的人性！你們雖然使我換了服裝，但是不能使我的心變成大理石；我的心沒有因為幽禁而變硬；我還是不能忘情，唉！我不該如此！不違反你的命令，請以情人的身分勸我按照你嚴厲規則而過活吧。假如你肯幫助我，你的束縛也就減輕；你的舉動也就可愛，假如你能把你措置的益處表示給我。我若是知道你的心裡還有我，寂寞獨居也就不覺其可怕了。像我這樣鍾情的心，不能立刻就冷淡下去。我們在愛與恨之間長久的搖動，後來才獲到安寧，我們常相慶幸，永毋相忘。

阿伯拉，我求你減輕我的鐐銬的重量，使我自由如意。請你教我神聖的愛；你既然拋棄了我，我將嫁給上天，尋求一點光榮。我心裡只羨慕這個，別的都不在我眼裡；請告訴我，神聖的愛是怎樣培養的，怎樣的發動，如何的能收滌洗凡俗之功？我們在塵世的海裡顛簸的時候，我們只能聽你的詩歌，到處宣示著我們的喜悅。我們現在是在仁慈的灣港裡，你不該和我談論這新的愉快，教我更進於高尚嗎？請你獻給我在從前塵世一般的慇懃吧。我們不必改換我們的愛情的熱度，我們改換愛情的對象吧；我們別唱情歌了，唱聖詩吧；我們把心向上帝，為上帝的光榮而神馳吧！

我希望我的請求你不能拒絕的。上帝有一種特別的力量，支配著上帝所創造的大人物的心。上帝要是願意觸動他們，他們立刻就心悅神移，他們有所言語必要讚美上帝。這個上天降福尚未來到的時節，啊，請想著我吧——別忘掉我——請記著我的愛情，忠誠，與堅貞；把我當做你的情婦愛，把我當做你的孩子，你的妹妹，你的愛妻吧！記著我還是愛你的，雖然極力想避免愛你。這句話有多傷心！我恐懼得戰慄了，我的心對我所說的話反抗了。我將用眼淚把我所有的紙都漬塗了。臨完了我謹向你說一聲（假如你願意，我是極願的呀！）永別了！

第三函

阿伯拉寫給哀綠綺思

我若能料到一封不是寫給你的信而落到你的手裡，我當初一定要小心別提起可以勾動我們往事的話了。我大膽的把我的所有的受辱的情形描述給一個朋友聽，為的是使他少感受一點他所受的苦痛。假如我這個好意驚擾了你，我現在便要把你的看了愁慘描述而流出的眼淚設法弄乾；我要把我的悲哀混合在你的裡面，把我的心在你的面前傾吐：我的所有的苦悶，我的心靈的祕密，我因為我的體面的關係，一向不曾向世界上其餘的人宣布過，如今你似乎是強迫我說，我也只得悖了初衷，一起的告訴你吧。

是真的，災難已經降到我們的頭上，我們的情形也不會有改變的希望了；過去的快樂的日子，已經過去，目前我們只合忍痛把一切的歡樂的回憶從我們的心上塗抹了去。我曾想在哲學與宗教中間尋求我的恥辱的補償，找一個逃避愛情的安身之所。我走了一條悲慘的路，受戒為僧，想把我的心腸變硬。但是我得了什麼益處？如其我的情感已經受了拘束，我的思想還是自由的飛翔。我答應你我將把你忘掉，但是我想起來還是不能不愛你。我想解放我自己的那種種的念頭，原來並不能使我的愛情減少。我的四周的寂寥使我格外的容易傷感，當我沒有別的事做的時候，感想牢騷是我唯一的任務了。百般努力均無效果，我漸相信努力解放我自己是徒勞無功的事；我是何等脆弱不寧，不必告訴別人，只告訴你好了。

我遠遠的離開你身邊，我的意思是把你當做一個敵人似的躲避；但我心裡又無時不想追求你；在回憶中想起你的倩影，我自相矛盾的發生無限愁思。我恨你！我愛你！羞恥四面八方的擠我。我此刻恐怕是似乎比你冷淡，但是我發見我的病癥，我覺得羞媿。我們是何等的柔弱，如其我們沒有耶穌的十字架支持著我們。我們果然就這樣缺乏勇氣嗎？你現在崇奉兩個主，感到猶疑不定的苦痛，莫非這種苦痛也影響到我嗎？你知道我是何等煩亂，如何的自責，怎樣的受苦。宗教命令我行善，因為我不能從愛情再得到什麼希望。但是在我的幻想裡的愛情還保持著它的領土，回想過去的歡樂。回憶代替了情婦的位置。隱居的結果，不一定總是虔誠與義務；即是在沙漠裡，上天的甘露不降給我們，我們還是愛我們所不該再愛的東西。寂寥可以激動情感，充滿了這死靜的區域。在此地專做應做之事，並只禮拜上帝，這是很罕有的事。我若預知如此，我早就更妥善的教導你了。你叫我做主，不錯，你是由我照護。我初見你，我誠懇的授你哲學，你的天真我的自由都因此做了代價。你的叔父，他喜歡你，成了我的仇人，並且要報復我。如今我既失掉了滿足我的情感的力量，假如再失掉愛你的力量，那麼我也可以有點安慰了。我的敵人也就可以給我用罪惡買來的那種安寧。我如今多麼苦！我如今流著淚想念著你，我覺得比從前完全自由的時候擁占著你為更罪過。我不斷的想戀你，不斷的憶起你的溫柔。在這種情況之下，上帝啊！假如我跪著匍匐在你的神龕之前，假如我求你憐憫我，為什麼純潔的靈焰不肯享受我的獻禮呢？我穿上了這懺悔的服裝，不能使上帝待我仁厚一點嗎？不過上天還是鐵面無情的，因為情感還在我心裡燃著；火焰上只蓋了一層虛偽的灰，除非是上天非常的降福，不能撲滅了的。我們可以騙人，但是什麼也瞞不過上帝。

你說你是為了我才披了尼姑的袍子，你為什麼說這樣的話瀆褻你的職分？你為什麼用瀆褻神明的話惹動嫉妒的上帝？我希望我們離散之後你必已改變你的情思；我也希望上帝把我從色相的紛擾之中救起。我們算是摒絕恩愛，死了這一條心；遠離就是愛情的墳墓。但是對於我呢，離別是不斷的扯動我的回憶，憶我從前的愛。我曾希望，在我離別你之後，你可以停留在我的回憶之中但是不要攪動我的心靈，我齋戒修學，漸漸的把你從我心裡刪除。但是雖然力行齋戒，加倍用功，雖然我們遠離三百里之遙，你的倩影還是在我眼前湧現，打破了我所有的決心！

什麼方法我沒有用！我手裡執著武器對待我自己；時常的操練使我筋疲力竭；評論聖保羅；駁難亞里士多德；總之，在愛你之前，我慣做的事都做了，都無效；沒有東西能抵抗得住你。啊！你別愛情不變，益使我苦痛了；你若是能，你忘了你對我的情義吧；准許我也冷淡。**從來沒有愛過的人，我嫉羨他們的幸福；他們是何等舒適寧靜！**但是快樂的潮水總是要有悲苦的逆流的，我現在益發確信了：雖然我不再受愛情的騙，我的病還沒有治療。我的理性詛咒愛情，但是我的心卻要求愛情。種種的環境，地位，我的人品，我的恥辱，都要毀滅我的愛情，然而我卻沒有能力把我自己從這種感情解放出來。我向愛情降服了，不曾想想，若是抵抗便足以取消過去的謬誤，得到善行與安寧。你為什麼滔滔不斷的譴責我，因為我躲避了並且不聲不響？不必再提我們的幽期密約和你的守信不爽，不必再引起惱人的念頭，我受這樣的苦已經很夠了。如其我們學了哲學便能治理我們的情感，那麼我們在對待別人的時候哲學能給我們多麼大的助益？我們要經過多少的努力，多少的失敗，多少的興奮！我們要經過多久，就這樣的慌亂無措，不能振起理性，把持我們的心靈，控制我們的情感？

愛情真是一件麻煩的勾當！即是為我們自己的安寧打算，美德是何等的有價值！想想我們的情感的放縱，猜猜我的苦惱；數數我們的煩悶悲哀；這些事全不提，剩下的溫柔歡樂算是屬於愛情的了。這可能有多少！然而就是這樣的歡樂的影子，我們畢生的柔弱，到了如今還忍不住不彼此通信訴說，雖然我們沉在悲哀悔恨之中。我們若是因了受辱流淚而能使我們的懺悔堅決，我們豈不更為幸福。對於快樂的喜愛，除非用非常的方法，不能從心裡掘出去的；這種喜愛在胸中非常堅固有力，我們自己難於摒絕。我怎能對於自己的罪孽發生恐怖，假如罪孽的對象對於我永遠是可愛的呢？我怎能把我所愛的人和我所該摒棄的感情分開呢？我灑的淚能使我的愛變為可恨嗎？我不知怎樣一回事，為了一個戀愛的對象而哭，永遠是有一種樂趣。我們在悲哀之中，很難分辨懺悔與愛情。對於罪案的回憶，及對於使我們顛倒之人物的回憶，太為密切了，一時難於分開。上帝的愛，當初並不是完全毀滅了眾生的愛。

如其這個罪是可恕的，我能不寬恕嗎？無益的尊榮煩惱的財富不能引誘我；但是那些花容媚態，旖旎風流，至今如在目前，促成我的顛覆。你的面貌就是我的罪惡的起源；你的雙眼，你的言談，都穿入了我的心；我的志向與光榮雖然極力抵抗，不久的愛情就做了我的主宰。上帝啊！為懲罰我起見，你捨棄了我吧。你已不在塵世，你已與塵世離絕，我也是一個皈依宗教的人，專心在寂寞中討生活；我們為什麼不利用我們的現狀呢？我的虔敬還在初步，你就要毀滅嗎？我才進的寺院，你就要我脫離嗎？我一定要反悔還俗嗎？我是在上帝面前立誓捨身；我若背叛上帝，我跑到什麼地方去逃上帝的怒呢？請許我在我的責任以內尋求寧靜吧：雖然這是難於達到的。我日日夜夜的獨在寺院裡，不曾合眼。別人都無憂無慮的，而我的愛情卻愈燃愈熾，你的悲哀和我的悲哀一樣的刺穿我的心。啊！想到你的堅貞不變，我受的是多大的一個損失呀！多少快樂我都沒能享受！我不該把這個弱點向你承認；我明知我是錯了。假如我告訴你，我的心是很堅強的，我或者可以激動你恨怒，你的怒氣可以產出你的美德所不能產出的效果。假如在世間我把我的弱點用情歌詩章刊布，如今身居幽室，表面上是虔誠，內心的弱點不該祕而不宣嗎？啊喲！我還是從前那樣！假如我能不作惡，我也不能為善。責任，理性，與高潔，在別的時候對我無效，在此刻是無用了。福音的文學是我所不能懂的，若是福音反對我的感情。我在神龕前宣的誓，比起我對你的相思，便是柔弱了。各方面的呼聲都是令我盡我的責任，而我是誰也不聽，只聽一個不羈的熱情之祕密的叫喚。我顧不得一切的美德，也不管我的位置，更不能施用我的學問，我不斷的胡思亂想，想像到不該去的地方，我也沒有力量改正我自己。我覺得責任與私心永久的爭鬥。我是一個昏迷的情人，在寂靜之中不得安寧，在和平之中依然不安。這個樣子何等可恥！

我求你，別再把我當做創辦人或是什麼大人物；你的稱讚和我的許多弱點不合。我是一個慘痛的罪人，匍匐在裁判官之前，臉貼在地上，淚混合了泥土。你看我就在這個姿勢之中，你還能求我愛你嗎？假如你認為合適，你穿著你的神聖的服裝，來闖到我的上帝和我中間來，做一堵隔斷的牆吧！來強奪我只合給上帝的歎息思想與誓約。來助罪惡的魔鬼，做他們的毒害的工具。這顆心的柔弱你全都了然了，什麼事你不可以引它去做？別呀，你引退吧，加入我的拯救吧。請准我避免毀滅，看在我們從前的憐愛的分上，看在我們共同的新近的不幸的分上，我請求你。不表示愛情便永遠是最高的愛情；我現在把你的所有的海誓山盟，及對我的關聯，一筆勾銷。你整個的屬於上帝，我把你獻給上帝；這樣虔敬的辦法我永不反抗的。我若能這樣的把你失掉，我是何等幸福呀！我便真正是一個宗教信徒，你也是一個完備的尼庵主持的標樣！

有這樣光榮的方法，快補救你自己吧；願你努力德行做到人神同欽的地步。對你的孩子們要謙恭，在唱詩堂要專心，紀律要嚴明，讀書要勤勉；即是遊戲，也要求其有益。你的假期是賤價買來的所以不必善為利用嗎？你既已被錯誤的紀律和罪惡的教訓所誤，我由宗教慈悲體會出來的這些好的勸告，你別不承受。我對你承認，我一向以為我自己宣講德行不如提倡罪惡為更能幹。我的虛偽的辯才只產出了虛偽的善行。我的心早被色慾浸醉了，所以只能做出這樣的行為。罪人的酒杯香氣四溢，我們人的天性都是想要嘗試一口，所以有人請我們喝我們就陷入罪惡了。但在另一方面，聖徒的金樽盛滿了苦汁，與我們的天性就不相近。然而我先把這杯給你，你卻怪罪我說我怯懦。我情願承受你這些攻擊。你皈依宗教時之從容不迫，我是非常欽佩的，所以你這樣堅決的拏起的十字架，你也該勇敢的把持住吧。請飲聖徒的金樽，一飲而盡，別把你的眼睛猶豫的望著我；請准我遠遠的離開你，服從那個聖徒說的「飛開！」

你勸我假裝著虔敬的樣子再心回意轉的愛你。你關於這一點的誠摯，使得我反倒心裡猜疑起來，不知怎樣回答才好。假如我現在鑄此大錯，將來在我們的慘史以後，我的言語恐怕要赧顏哩。禮拜堂是很注重他的名譽的，強令他的孩子們要用德行的方法做德行的事。我們若用純潔的態度對待上帝，然後我們才能勇敢的請別人來禮拜上帝。忘下哀綠綺思，別再去見她，這便是上天要阿伯拉所做的事；別再希望阿伯拉什麼，就連想念他的念頭都一齊忘掉，這便是上天命令哀綠綺思的。在**愛情裡，忘懷是最必須的懺悔，而也是最難的**。計算我們的錯誤是很容易的，有多少人，引此為樂，不知虔心悔過。皈依上帝的唯一的路，就是與我們所愛慕的人疏遠，而愛慕我們所疏遠的上帝。這好像是太冷酷，但我們若要得救，必須如此做。

你試想想看，為什麼我在出家之前，先強迫你捨身；我若是盡情相告，你要原諒我解釋你的疏略嫉恨之誠意與苦心。我身蒙不幸，我便妒心狂熾，我把一切的男人都當做我的情敵。**愛情能使人不信，甚於使人信**。我有許多的恐懼，因為我本身有許多缺憾，因此我苦痛不堪，常常懸想，你在愛情場中已經習慣，恐怕不能長久下去而不另有新歡。嫉妒的心能使人相信最可怕的事。我很想使我的懷疑你是不可能的。我急迫的想勸服你，為體面計，你該躲避世人的注目；貞潔與我們的友誼都要你如此；你的自己的安全也迫使你如此。我受了那樣的報復之後，你簡直沒有安全的地方，除了尼庵。

我說實話，你是很容易被說服。你很純潔的服從了我，我的妒心暗自歡喜；我雖然勝利，把你獻給上帝，我並非甘心。我還是想在可能的範圍以內保存我的寶貝，只在不得已的時候才分離，為的是不使他陷在別人的勢力裡。我並不是為了你的幸福而勸你信仰宗教，我把你責在宗教裡，好像是一個敵人一般，把不能帶走的東西毀滅了。但是你也曾聽我演講，你有時含著淚打斷我的話頭，令我給你介紹我所最欽敬的尼庵。如今看見你關在庵裡，我是何等安慰。我現在心裡很泰然自足，覺得你於我受辱以後已不存在世間，你也永不再回到世間去了。

但是我還疑心。我想婦女們不能夠保持堅定的決心，除非她們是為宣誓的必要所強制。我要你立誓，上天為你的安全也要你立誓，今後我可不再不信任你了，你們神聖之府，幽密的隱居喲！你們使我免除了多少的恐懼喲？宗教與虔誠在你的窗牆周圍森嚴的警衛。對於一個善妒的心，這是一個何等的休憩的港灣！我尋求的時候又是何等心焦！我每天抖顫的去勸你犧牲；你那時候美貌上另有一種光明，從前沒看見過的，我愛但我不敢說出來。這究是修行開始的一朵花，還是我將受大損失的一個先兆，我並不好奇去尋求原委，我但願你快快為尼。我用罪惡的賄賂買通了你的尼庵主持，購到埋葬你的權利。庵中的眾尼也一概受我賄賂，按我的意旨，把她們的苦惱疑懼都瞞過了你。事無大小，都不曾忽略；假如你真逃避了我的陷阱，我自己也就不出家了；我決計我跟隨著你無論到什麼的地方。我的影子永遠緊隨著你的腳步，不斷的令人驚擾恐懼，如是我才能心滿意足。

謝謝蒼天，你決定出家了。我陪你走到神龕前面，你伸手觸那聖布的時候，我聽見你清清楚楚的說了那幾句永遠使你與男人隔絕的斬釘截鐵的話。直到那個時節，我才不再想，你的青年美貌或者要破壞我的計畫迫使你終於還俗。小小的一點引誘不能改變你嗎？一個人才二十二歲可真能捨身出家嗎？你正在可以要求極端自由的年紀，你能捨得把世間認為不值你一顧嗎？我可多麼錯看了你，我錯認了你一個何等的弱點？你在我想像之中是輕浮而易變。蘇達姆焚陷時嘈雜不堪，一個女人能不怪可憐的仰望著人嗎？我細察你的雙眼，你的一舉一動，你的神情；我看了一切都要戰慄。你也許把我這種自私自利的行為叫做陰謀，失約，殘殺。這樣像嫉恨一般的愛情應該惹出極端的鄙夷與惱怒。

你該知道，就在我全信你是專誠愛我的時候，就在我看你值得我所有愛情的時候，我已覺得我不能再愛你了。我以為已到了不該再向你表示愛情的時候，我又覺得你經了神聖婚姻以後，你現在已是由上天保護的了，不能再算做我的妻。我的妒心像是消滅了。只有上帝做我們的情敵的時候，我們便沒有什麼可怕的了；我現在比從前格外安心了，我敢求上帝把你從我眼前取走。但是那不是做激烈禱告的時候，並且我的誠心也不敢擔保我的祈禱一定能被聽到。需要與失望已在我的行為上種了根，於是我獻給上帝的實在是個侮辱而不是饗牢。上帝拒絕了我的獻祭與祈禱，使我繼續的愛，做為繼續的懲罰。所以你的出家以及出家前的熱戀，這個罪過也要由我負，我一定要終身受罪了。

假如上帝能把你認做一個宗教信徒，當初是真誠的拜求慈悲，而和你的心靈印照，我便引以自慰了；但是我們兩個竟都做了愛情的罪人，直到如今我們皈依了宗教，愛情還來侮辱我們，還要毀壞我們的虔誠，便使我充滿了恐懼而戰慄了。這果然是受譴責嗎？還是長

慕蓉 J.HSI

期的沉溺於瀆褻的戀愛的結果呢？我們不能說愛情是毒藥，也不能說是上天指點以前的醉態；不過同時卻是我們的沉溺於情慾裡面了。我們在這種錯誤之下，欲求補過，第一步是先要知道我們的苦痛。誰不曉得，吾人求上帝饒恕，不尋別的理由，只把吾人弱點當做唯一的理由，為的是表示上帝的光榮？上帝教我們知道弱點所在，我們然後再因此哀痛，上帝才肯以他的萬能幫助我們。所以為我們的舒適起見，我們要說我們所受的苦痛乃是由於一種引誘，在最神聖的空閒來擾亂我們的心靈。

上帝認為相宜，便能顯靈，救我們的災難。你出家之後，上帝便降福超引你。你最後和我別離的時候，我看見你的眼光射在十字架上。六個多月以後，你才有信給我，在這個期間，我沒探到你一點音訊。我很欽佩這樣的沉默，我不敢怪罪，但我也不能倣行。我寫給你信，但你不覆：你那時候心還關著，但如今伉儷的花園開了：上帝退去，由你一人在那裡。上帝走開，為的是試探你；叫他回來再重得他吧。我們一定要上帝的幫助，好打破我們的鎖鏈；我們愛得太過，不能自救。我們的荒謬穿入了最神聖的地方；我們的情史成了全國的談料。人人讀過，人人都羨慕，因為是由愛情幻出的一段事蹟，便不能不廣為流傳。我們成了永遠的青年荒唐的慰藉；在我們之後犯罪者便以為罪過也小一些。我們真是罪人，懺悔無及了。啊，我們誠懇吧！我們做錯的事，要盡量的補過；目見我們犯罪的法蘭西，該要看著我們的悔禍而驚歎！我們要詛咒一切倣效我們罪惡的人；我們立在上帝一邊來抵抗我們自己吧，這樣做才可免受上帝的裁判。我們從前的失檢須要眼淚羞辱和悲哀來贖。我們從心裡獻出這些犧牲來吧，我們赧顏吧，我們哭吧！唉，上帝！假如這樣柔弱的開始的時候，我們的心還不完全是屬於你，請你至少令我們的心感覺到應該如此。

哀綠綺思，快把你自己從可羞的殘餘的愛情拯救出來吧，情的根已太深了。你要記得，除了想念上帝以外，稍動一個別的念頭，那便是姦淫。如其你能看見我現在臉瘦神銷的樣子，許多兇暴的和尚包圍著我，他們震於我的博學的名聲而又惱了我的瘦容，好像我威嚇他們改革似的，唉，我用以欺騙這些輕信的人之低聲歎氣與垂無益的淚，你以為如何？噯呀！我是受屈於愛情之下，不是十字架之下。請可憐我，解放你自己吧。假如照你所說，你出家是由於我的安排，那麼你不要不斷的煩擾使我安排成為無益。你要內心淡泊，對於你所穿的服飾要真實。怕上帝，然後才能由你的弱點得救；愛上帝，然後德行才能進步。在修道院裡別要不寧，因為那是聖徒和平之境。受你的束縛，因為那是基督耶穌的鎖鏈；假如你卑恭的承受，耶穌會使束縛輕滅並且與你同受。

對於還魔著你自己的這種情感也不必過嚴，你是從苦中過來，務必要學著幫助你的軟弱的姊妹們；想想你自己的謬誤，就要可憐她們。如其情不自禁的有什麼念頭纏繞你，你要跑到十字架前去求饒——有傷口開裂須要調治；在垂死的神像前要為傷口哀悼。身居一個宗教團體之首，不要做奴隸，既然職權在皇后之上，先要能管理你自己。你的感官稍有反抗，你該羞媿。要記得就是在神龕前面我們也有時候犧牲給惡鬼，惡鬼所最喜歡受的祭香無過於那世俗的情慾，宗教信徒心中也有時還有情慾燃著。如其在塵間住的時候你養成了一個戀愛的習慣，如今你不可再愛，除了愛耶穌基督。你的一生在塵世與愉樂上的所浪費的時光，都要懺悔；向我索還，因為那都是我犯的搶劫；你鼓起勇氣，勇敢的譴責我！

我誠然是你的師傅，但是只教的是罪惡。你喚我做父親；於要求承受這個尊稱之前，我真有被弒的資格。我是你的哥哥，但只是因為與罪惡的關聯，才使我有這樣的榮耀。我被稱為你的丈夫，但這只是按著公眾的辱罵而言。假如你在信的開首亂用了這些神聖的稱呼，想要向我致敬並且滿足你自己的情感，請你把這些字樣塗去，換上殺人犯流氓敵人的名稱，因為他毀壞了你的名譽，擾亂了你的安寧，騙害了你的貞潔。你也許幾乎因為我的侵害而至於滅亡，幸虧上天格外的垂恩，使我半路受了嚴懲，你也因此得救。

一個亡命者他想奪去你的再見他的權利，你對他便該作如此想。但是愛情既已誠懇，再決定中止愛情，那有多麼難！棄絕世界比棄絕愛情一千倍的容易。我厭惡這個欺騙無誠的世界；我不再想戀它；但是我這顆遊行著的心永遠的尋求你，充滿了苦痛因為失掉了你，雖然我有我的理性的一切力量。同時，我雖然極其怯懦，把你讀到的前信裡的話收回，請你別再苦我，別再把我放在你的繫念之中，除非用我上述最後的那個態度。記住我最後的在世間的行為是要引誘你的心；你因了我的策略而滅亡了，我也與你同亡了：同一個波浪吞食了我們兩個。我們很冷淡的等候著死，同樣的死把我們帶到同樣的刑罰。但是上天遮開了這個打擊，觸礁的船安然引我們進到港裡。是有許多人，得到上帝拯救而要忍著苦痛。我的遇救必是你的祈禱的結果；虧了你的眼淚和你的可為榜樣的聖潔。上帝呀，雖然我的心充滿了對你造的女人的愛，你的手可以隨意的把我的愛情驅除淨盡，除了我對你的愛。真正的愛哀綠綺思就是由她去過幽隱安寧的日子。我已下決心：這封信是我的最後的過失。別了。假如我死在此地，我將吩咐把我的屍身移到巴拉克利特的廳堂。你可以看到我的屍身，並非是叫你流淚，因為那已太晚了；我寧願你現在為我哭，澆滅燒著我的火。你將看見我的屍身的可怕，而愈使你的虔敬之心堅強，我的死必能痛快的告訴你，當你愛一個男人的時候，冒的是什麼險。你的一生完結的時候，我希望你願意葬在我的近旁。你的冷的屍灰也用不著再恐懼什麼，我的墳墓也必定更為富麗顯著。

第四函

哀綠綺思寫給阿伯拉

我接到你的信，很焦急的讀過了；我雖有種種不幸；我希望信裡不有別的，只有安慰的話頭。但是情人們多麼善於磨難他們自己呀。由我心靈所受的哀苦，你可以斷定我的愛情的敏銳與力量。我看了你的信的題款，我很不安；你為什麼要把哀綠綺思的名字寫在阿伯拉的前面呢？這樣冷酷不公的稱呼是什麼意思？我的焦灼的眼睛所想看的是你的名字——父親和丈夫的名字。我並沒想看我的，我的名字我情願忘掉，因為這是你的一切不幸的起因。按照禮節，再說你的地位，你是我的主人和監督者，都不准你那樣客氣的稱呼我；我們的愛情也不准你採用：噯呀！你何嘗不知道這點道理！

在厄運摧殘我的幸福之前，你這樣稱呼過我嗎？我曉得你的心已經忘了我，你在宗教的路上已然前進過了我所願望的程度。噯！我太弱了不能追步你；請你屈尊等候我，用你的勸告鼓勵我吧。你能殘忍的捨棄我嗎？這樣的恐懼刺入了我的心；你在信末所說的可怕的預兆，和你描寫的死後的慘狀，使我深感不快。殘酷的阿伯拉！你該停止我的眼淚，而你使我的眼淚流了。你該制伏我心裡的激動，而你使我陷入更大的糾紛。

你願我在你死後照料你的屍灰，叫我盡最後的義務。唉！你怎樣想起這樣悲慘的念頭，又怎能形容給我聽呢？你不曾怕立刻嚇死了我，停筆不寫嗎？我猜想，你絕沒有料到你給我的種種悲痛吧？上天對我雖然很嚴，我想還不至於那樣無情，使我在你死後再多活一刻。生活而無阿伯拉，乃是不可忍的刑罰，死亡乃是最甜蜜的幸福，假如因此我能和他結合。假如上天只消肯聽我的不斷的哭喊，你的生命會要延長，而你將埋葬我了。

將來絕大的變動來到，能搖動最堅決穩定的心，勸告我使我妥為預備，這責任不是你的嗎？聽受我的最後的歎息，監督我的葬事，記述我的行為和信仰，這不是你的責任嗎？除了你誰能美滿的介紹我們給上帝，除了你誰能像你那樣熱烈的祈禱使我們的靈魂與上帝結合（因為你已設誓皈依，虔心禮拜）？這些誠敬的事務，我們希望你仁慈的擔任起來。自此以後，你便沒有擾你的煩惱了，上帝願意喚你去的時候，你便可從容的脫離生活了。你可以跟隨我們，滿足你自己所做的事，確信我們能有幸福。不過在此以前，別再寫那樣可怕的話；因為我們已經很夠苦了，用不著再加重我們的悲哀。我們此地的生活實在是奄奄待斃；你願意快點死嗎？我們現在的恥辱已經很夠我們的思索，我們將來還要尋找新的恐懼的機會嗎？森尼喀說過：**人們是何等的沒有理性，靠了想像把遙遠的罪惡出現於目前，死前就先受苦，失掉人生一切享樂。**

你說你願死後把屍身運到巴拉克利特的廳堂，你的用意是，屍身永遠在我眼前，你也就永遠在我心裡了。你以為你在我的心上畫上的痕跡能夠消滅嗎？或是你以為年月久遠之後我們會不復記憶你在此地所施布的功德？你所說起的那些祈禱，我那有工夫去做？我那時恐怕又要有別種愁悶，因為我的不幸過於沉痛，不使得片刻的寧靜。我的軟弱的理性，怎禁得起這樣猛烈的攻擊？有時我激憤恚怒，（假如我敢說）對上天都悻悻不平，我那時絕不因哭泣而稍減我的恚怒，反倒因哀怨而增高我的激憤。我如何能祈禱，如何茹苦含辛？我要更心急的去追隨你，我卻不急於給你置備悲慘的喪儀。我決心活著，是為你，為阿伯拉，假如失掉了你，我的殘苦餘生活著也無益處。唉，假如上天令我活著到了那個狀況，我將如何的哀悼？我想起我們的最後的訣別，我就感覺得死亡的劇痛；這樣可怕的時間來到，我將作何狀態？若不是為了愛情，至少你可憐我吧，別把這樣悲慘的思想注在我的心裡。

你願我專心盡我的責任，整個的獻身給上帝，因為我的身體已經捨給上帝。你用各種恐怖驚嚇我，日夜心中不寧，我怎能這樣做去呢？當一種罪惡威嚇我們而又無法避免的時候，我們何必要束手做無益的驚懼，驚懼之苦痛或且甚於罪惡的本身呢？我失了你以後還有什麼希望？死亡把世上我所親的東西一齊帶走，我在世間還有什麼留戀？我從容的捨棄世間的歡樂，只保存了我的愛情，唯一的樂事就是不斷的想你，和聽說你還活著。然而，唉，你卻不是為我而生活，你連准我再見你一次的希望都不給我。這是我最大的痛苦。

不仁的命運呀！你還沒有懲罰夠我嗎？你不給我緩刑；你已盡量的報復我，你能恐嚇別人的你對我全都施展了。你懲治我使得你自己都倦了，別人不必再怕你的憤怒。你何必再兇狠的預備對待我？我受的傷已經遍了，沒有餘地再受，除非你想殺死我。你是不是以為我已受了無數的傷創，恐怕最後的這一擊使我死去，反倒把其餘的傷創解除了？所以你保存我的一條命，不令我死，好使我一天一天的嘗到死的滋味。

親愛的阿伯拉，憐憫我的悲苦！還有人比我苦嗎？你愈把我提高在別的婦人之上，她們為了你的愛而妒恨我，我愈敏銳的感覺我現在失了你的心。我快樂得到了幸福之頂，原來為的是我現在的更可怕的顛覆。我的快樂是無比的，我現在的苦痛也是無比的。我的快樂曾引起敵人的嫉妒，我現在的狼狽也惹動人人的同情。我的命運總是趨於極端；先給我無數的最大的恩惠，然後再給我無數的最大的痛苦；命運真是善於撥弄，使我對於已失的快樂之回想成為無窮的眼淚之泉。

愛情，在得到的時候當然是命運的最好的餽贈，但在失掉的時候便是說不出的苦惱。總之命運的毒狠全部成功了，我現在受的苦痛之深劇，一如我從前銷魂之歡暢。

在一個最不該苦痛的時候我們偏偏苦痛起來，這是最令我難堪的。我們當初沉溺於罪惡的愛情的歡樂裡面，我們是毫無阻礙；而我們剛剛要限制我們的熱情，在婚姻中尋求歸宿，上天的惱怒卻整個的降落在我們頭上。你的受懲又是何等野蠻呀！唉，一個殘忍的叔父對於我們有什麼權利？我們在神龕前都正式的結合了，這似乎是我們對於敵人恨怒的一層保障了。再說，我們已經離別；你忙著演講，向有識的聽眾傳授前人所未發的神祕；我服從你，隱到修道院裡。我在那裡整天的想念你，有時也思索那神聖的教訓，想能自己受用。就在這個時節，懲罰到了，你是最無罪的，你卻成了一個野蠻人全部報復的對象。但是我為什麼對於福爾伯特這樣激怒呢？我這個不幸的人，連累了你，是你一切不幸的緣由。一個偉人被我們一個婦人所動，那多危險！他在幼小的時候，就該練習慣了，對於我們的媚惑無動於衷。「我的孩子，你靜聽」（從前最聰明的人說過，）「你要信守我的訓誡；假如一個美婦人用她的容貌引誘你，你不要被慾念所征服；拒絕她所獻的毒藥；別走她指引的路。她的家就是死亡毀滅的門。」我曾潛心究考，深知死亡比美貌還危險少些。美貌是自由的礁石，致命的陷阱，永遠不得逃生。最初上天把第一個男人放在最光榮的位置，就是一個女人把他顛覆下來；她生下來就是為分他的快樂，成為他的毀滅的唯一的原因。假如參孫的心能像抵禦非利斯丁人的武器一般抵禦德麗媸的媚惑，那是何等的光榮。一個能克服大軍的人，居然被一個女人解除了武裝，被女人陷害。他看見他自己被送到敵人手裡；他失掉了雙眼，那一雙愛情流入心靈的進口；於困苦悲哀之中死去，除了與敵偕亡之外別無慰藉。梭羅門為了得一個女人的歡心，不再禮拜上帝；這位皇帝，其智慧是各方王侯所同欽的，上帝特選他來建築廟堂的，竟致把自己建立的神龕停止禮拜，執迷不悟，甚至在偶像前焚香。周伯最大的敵人就是他的妻；什麼樣的誘惑他不要提防。惡魔要迫害他，用一個婦人做搖動他的堅貞的工具。就是同一個惡魔用了哀綠綺思做毀滅阿伯拉的工具。我所有的可憐的安慰，就是我不是自動的惹出你的不幸。我沒有欺騙你；不過我的堅貞與愛情對於你是破壞的罷了。假如我堅貞不變的愛你，便是我的罪狀，我是不能懺悔的。我甚至犧牲了我的德行，來使你快樂，所以我現在的苦痛也是應得的。我自信了你是愛我，你凡有所求，我必毫無猶疑的服從；被阿伯拉愛我以為是絕大的光榮，我急於想得到你的愛，至於我都不敢立刻

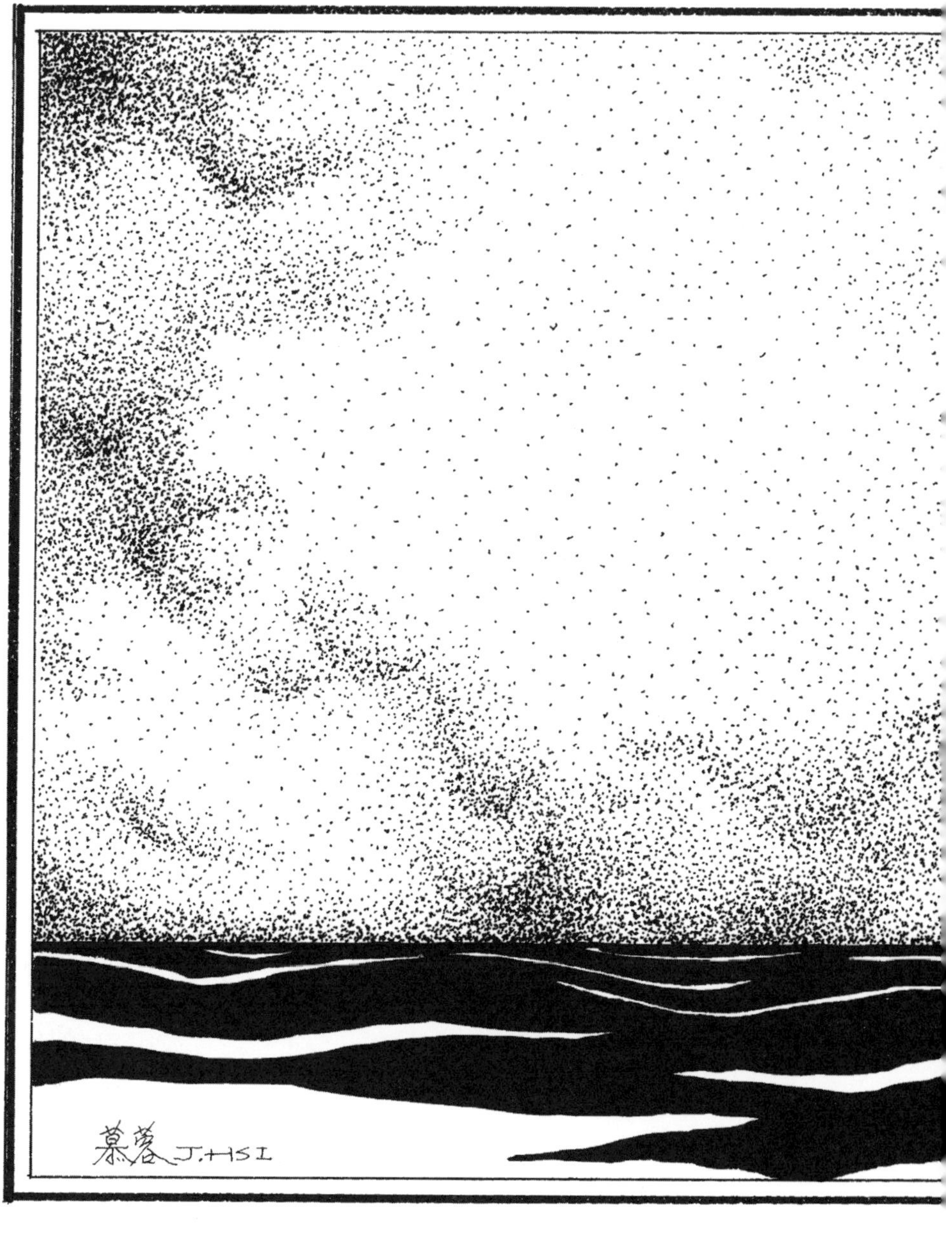
慕蓉 J.HSI

相信了。我沒有別的目的，只想讓你信我的極端的熱情。我絕不為什麼名譽辯護；嫉妒快樂的那些敵人，對於我們婦女橫施壓迫，對於我只是一種弱而無益的抵抗罷了。我犧牲一切為了我的愛，想使當代最有名最有學問的這個人快樂，便是我的野心，這個野心竟致代替了我的責任。如其有什麼顧慮能阻止我，那必是我的愛情。我恐怕將來不能再有什麼貢獻給你，你的感情也許要漸趨於淡薄，你也許再去征服別人另尋新歡。這樣的疑慮很不合乎我的天性，你原不難把它醫好。其實我該料到別種的惡果，也該顧慮到逝去的快樂是畢生的苦惱。

我如今想起來還覺高興的那些快樂的回憶，我若能以眼淚洗去，那是何等幸福。至少我是願意極力的從我心裡劃去那些因我天性柔弱而生的慾念，我也願把你所受的敵人的懲處拏來懲處我自己。這樣我至少可以使你滿足，假如我不能緩和惱怒的上帝。為要告訴你我現在是何等狼狽，我的懺悔又是何等的不完備，我此刻真敢控訴上天的不仁，因為上天把你投在預先安排的陷阱裡。我的怨艾只能燃熾上天的憤怒，我實在是想求慈悲。

單是受罰並不足以消罪；假如情感依然存在，心靈依然充滿慾念，所受的苦痛是毫無效益的。承認自己的錯誤然後再自受一些懲罰，這是易事，但是深入吾人心裡的享受慣了的快樂，一旦欲完全棄絕，不復憶戀，這便需要絕大的克己的力量。我們常常看見很多人，表面上承認他們的錯誤，但是絕無悔禍之意，談論起來反倒另有一番得意。心中的悔恨要陪伴著口頭的懺語，然而這是很少有的事。我在愛你的時候，經驗過這樣多的快樂，但是我覺得我不能懺悔，我也不能不靠著回想去重新享受一遍。我無論如何努力，無論傾向那方，甜蜜的思想總不離開我，每一件事物都足以把我的義務所該忘懷的引入我的心裡。在寂靜的長夜，我的心應該安息在那泯除煩惱的睡眠裡，然而我不能免除我的心的幻想。我夢著我是還和我的親愛的阿伯拉在一起。我看見他，和他說話，並且聽見他答話了。我們互相迷醉了，便拋棄了我們的學業，把我們自己交給了愛情。我有時好像還和你敵人爭鬥；我抵抗他們的狂暴，我大聲的哀哭，猛然間我含著淚驚醒了。就是走到神龕前神聖的地方，我也帶著我們的愛情的記憶，我絕不哀悼我曾被快樂所引誘，我卻為失掉快樂而歎息。

我記得（因為情人們什麼也不忘記）你第一次宣示你的愛情，並誓說你愛我到死，時間地點我都記得。你的話，你的誓，深深的刻在我的心上。我的吶吶的言語正足表示我的心裡的凌亂；我的太息洩漏了我自己，你的名字永遠在我的肩上。主啊！我這樣的苦痛，你為什麼不憐憫我的軟弱，為什麼不以你的慈悲幫助我？阿伯拉，你是幸福了，你得到上天慈悲，你的不幸反倒促成你的得到安寧。你的身體上的刑罰，醫療了你靈魂上的致命的傷。一場暴風雨把你驅入了灣港。上帝待你好像很嚴，實在是幫助了你，上帝是嚴父，責罰你，不是仇敵，報復你——他是良醫，給你一點苦痛，救了你的性命。我比你千倍的可憐，因為我還有千種的情感要奮鬥。愛情在一個年輕的心中燒著的火，我一定要抗拒。我們婦人原是軟弱，而我的自衛是格外的困難，因為攻擊我的那個敵人頗能使我歡喜；我溺愛那個威嚇我的危險；我如何能不降服？

在這樣奮鬥之中，對於那些你託我照護的人，我至少要瞞起我的弱點。在我周圍的人都羨慕我的德行，但是假如他們能看穿我的心，他們什麼不能發現？我的感情全都在反抗著；我能管理別人，但不能管我自己。我有虛偽的外表，好像是德行，實是真的罪惡。人們讚美的評判我，但我在上帝面前是有罪的：上帝的眼睛無所不見，什麼也不能瞞過，因為他能看穿心中的祕密。我不能逃掉上天的發現。我假裝做一個德行的外表，是格外的吃力了，所以這樣艱難的作偽也不無可取呢。世界最容易發生惡劣印象，所以我不願使世間對我飛短流長；在我管理之下的都是一些弱者，我也不願搖動她們的德行。我的心是充滿了對男人的愛，但是我要教她們只愛上帝。我自己耽溺於世間的歡樂，但是我要告訴她們這不過是一些虛榮偽假。我有相當力量，能把私心的願望瞞過她們，我以為這便是上天絕大的慈悲。假如這種力量不夠使我行善，卻夠使我不為惡罷了。

不過善惡是不能強分的；不善者便是罪惡，不行善者便是不善。再說，除了愛上帝以外，我們也不該有別的念頭。唉！我還能有什麼希望？我承認我怕獲罪一個男人，比激怒上帝還怕，我努力得上帝的歡心還不如努力得你的歡心為更用力。我是為了服從你的命令，不是為了虔誠的信心，我才來到修道院裡；我只是想使你安寧，並非要超度我自己。我是何等不幸！我捨了一切的歡樂；我活埋了我自己；施行最嚴厲的齋戒，以及殘酷的清規強制我們遵守的一切準則；我靠著眼淚與憂傷生活著；雖然如此，我絕不懺悔。我的虛偽的虔誠這樣久的騙了別人也騙了你；我從來沒有像現在這樣的心裡不寧，而你以為我是在享受和平。你全然相信我是恪盡義務，其實我除了愛情之外，別無所事。在這種錯誤之下，你還要我的祈禱——唉，我需要你的呢！別以為我有德行，別盼望我的幫助；我是搖動著，你以勸告來固定我吧；我是弱，請以你的策謀扶助我指引我吧。

你為什麼要稱讚我？對於受讚美的人往往讚美是有害的：心中常常湧起一種祕密的驕榮，使我們盲目，把半療的傷創瞞過我們。一個誘惑者總是諛頌我們，同時毀滅我們。一個誠懇的朋友對於我們毫無虛飾，對於我們的傷創絕不輕輕放過，他能加以治療，使我們格外感覺得痛切。你為什麼不像這樣對待我呢？你願令人看做一個卑鄙險詐的諛頌者嗎？也許你偶然看見我有可取之處，那麼你不怕我們婦人天生有的一種虛榮心會玷汙了任何優點嗎？我們不要靠外表判斷德行，因為那樣一來，優秀的與邪惡的就都沒有分別了。一個巧妙的虛偽的人，花言巧語，能比一個聖徒的熱誠，贏得吾人較大的欽慕。

人的心是一座迷宮，裡面的曲折很難發現。你給我的稱讚是格外的危險，因為我愛給我讚美的這個人。我愈想得你的歡心，我愈要相信你承認我的優點。啊！你設法以健全的理論充實我的弱點吧！別太信任我的得救，你恐懼吧；要知道我們的德行都是建在弱點之上，與最大的困難爭鬥過的人才能得到光榮的金冕。我不想要那報酬勝利的金冕——我若能避免危險，我便知足了。遠避一個爭鬥比戰勝容易。光榮也有許多等級，我不想得最高的；最高的光榮我留給那些較為勇敢常得勝的人去享受。我不想征服，因為我怕被征服；我若能逃開觸礁終於安然入港，便很夠幸福的了。上天命令我捨棄我對你的熱戀，但是啊！我的心永遠不能從命。別了。

第五函

哀綠綺思寫給阿伯拉

親愛的阿伯拉，——你或者以為我要怪罪你的疏略。你沒有回答我的上回的信，謝謝上天，在我如今這樣狀況之下，你對於我的熱情竟漠然視之，這倒對我是一件快心的事。阿伯拉，你終於永遠的失掉了哀綠綺思。雖然我曾海誓山盟的專心愛你，專受你的愛，但是如今我已把你置於度外，我已忘了你。你曾是我最傾心的愛人，但是你再不能給我幸福了！阿伯拉的親愛的形影啊！你再也不能跟隨我了，我再也不記憶你了！啊，當代的尤物，雖然有他的敵人，他可有多少優點和美名！啊，哀綠綺思傾倒的那些迷人的快樂——就是你，你是我的懲罰者！阿伯拉，我毫不赧顏的承認我的改節；我的不忠誠可以教訓世人，婦人的允諾是不可靠的，——我們婦人全都不能不變。這個消息使你煩惱使你驚疑，阿伯拉；你從沒有猜想過哀綠綺思會不堅貞。她對你曾那樣的傾心，你料不到時間會能改變她的心。但是不要受欺了，我要把我的錯誤宣示給你看，我不必責罰我自己，但是我敢信你卻要流快樂的淚了。當我告訴你是什麼敵人從你那裡把我的心搶走，你會讚美我的改節，你也會祈禱那個敵人永遠占住我的心。你該知道，那只是上帝把哀綠綺思從你那裡搶走。是的，阿伯拉，上帝能給我心靈一種安寧，確是從前苦憶我們的不幸的時候所不能有的。公正的上天！什麼別的敵人能把我從你那裡奪去？你想想，一個平常的人類能從我的心上把你塗去嗎？你想我能除了上帝之外為別人而犧牲有德有學的阿伯拉嗎？不，關於這一點我相信你是知道的。我想你一定很想知道上帝用什麼方法達到這個目的，我就要告訴你，你也可驚歎上天的方法神祕了。你上次來信，過了幾天，我患了一場大病；醫生認為無望了，我也只好盼著死。我的情感一向是好像很純潔的，這時節漸漸在我眼裡變為罪惡的了。我一生的過去的舉動，一一的回憶起來，我要向你承認，我們的愛情的苦痛乃是我唯一的苦痛。那時候以前我不過是遠遠的望著死亡，如今死亡如同對於罪犯一般臨到我的身旁。我開始恐懼我漸漸要嘗受的上帝的惱怒，我很後悔一向不曾善用上天的仁慈。我寫給你的那些溫柔的信，我和你作的甜蜜的談話，現在給我痛苦之多不亞於從前之給我快樂。「啊，悲苦的哀綠綺思！」我說，「如其一個人溺於歡樂便是罪過，如其死後便一定要受罪，那麼你為什麼不抵抗這樣危險的誘惑？想想給你安排下的刑罰，恐懼的想想那些儲留的苦楚，同時你再回想你的迷惑的心靈以為著那般美妙的歡樂。啊！你沉淪於虛偽的快樂之中，你現在不後悔嗎？」總之，阿伯拉，想想我心裡的悔恨，你也就不覺得我的改變為可異了。

寂寥對於一個不寧靜的心是難受的；在沉默之中苦惱愈覺加增，

隱居愈足以使苦惱變劇。我關在這牆裡之後，我什麼也不做，只是哭我們的不幸。修道院裡震盪著我的哭聲，像是一個永罰為奴的薄命人，我在愁苦中度日。我不但沒有實行上帝給我的仁慈計畫，我反倒獲罪於上帝；我把這神聖的庇身所看做可怕的監獄，不情願的忍受上帝的束縛。我不但不以懺悔的生活洗清我的罪惡，我反倒證實了我的處罰。多麼致命的錯誤！但是，阿伯拉，我已把蒙蔽我的眼睛的纏布扯下來了，假如我敢依靠我自己的感想，我現在很值得你敬仰了。你再也不是我那個親愛的阿伯拉，時常騙著監視我們的人想和我作密談。我們的不幸使你感到罪惡的可怖，所以你立刻以你的餘生而努力為善，好像是很甘心服從了這個需要。我誠然是比你柔弱，比你更喜歡快樂，所以我遭遇不幸便極端的焦灼，我痛恨你的敵人的呼聲，你是聽見過的。你在我的上回信裡可以看出我憤怒；不消說，那也不過是因為我失掉了我的阿伯拉的敬仰。你聽了我的怨艾而驚異了，說老實話，你對我的得救是失望了。你沒料到哀綠綺思能夠克服這樣霸道的情感；但是你錯了，阿伯拉，我的弱點若得到上天的幫助，並不足以防止我去贏全部的勝利。那麼，你還是敬仰我吧，你自己的誠心要你如此。

但是我心裡又生出了什麼祕密的苦悶了——又生出了一種什麼想不到的感情，抵抗我不再為阿伯拉而歎息的決心？公正的上天！我不是已經戰勝上天了麼？不幸的哀綠綺思！你一息尚存，你命中注定必須愛阿伯拉。哭吧，不幸的薄命人，你從沒有比這個更可哭的機會。我應該愁困而死；上天慈悲追獲了我，我便應允對上天忠誠，但是如今我又發了假誓，就是上天的慈悲也給阿伯拉犧牲了。我瀆褻神明，罪大惡極了。此後我怎能再希望上帝仁慈，因為我已經把上帝的寬恕弄倦了。從第一次看見阿伯拉我就開始獲罪上帝；一種不幸的同情使我們締結了罪惡的戀愛，上帝於是點化了一個敵人來離散我們。我哀悼我們的不幸，但是我愛慕這個緣由。唉！我應該把這個不幸當做上天的餽禮，上天不贊成我們的結合，所以離散我們，我應該絕滅我的感情。全然忘懷比保持一個擾亂我的和平和獲救的回憶，豈不是好多了？偉大的上帝！阿伯拉將永遠占據我的心思了麼？我永遠不能把我自己從愛情的鎖鏈裡解放出來嗎？也許我是無理的過慮；我的一切舉動都受德行的支配，也受上天慈悲指揮。所以你不必怕，阿伯拉；我在我的信裡所描寫的使你感得許多苦悶的情思，我以後是一點也沒有了。我以後絕不再敘述當初我們的感情給我們的快樂，來提醒你對我也許還有的一點罪惡的喜愛。你所有的誓約，我都釋放了你；忘記情人和丈夫的名稱，只保存父親的稱呼吧。我只盼望要你的溫和的抗辯和正當的書函，注入我的愛情的火焰裡。我不要你別的，只要你的精神的勸告與健康的紀律。神聖的路，無論怎樣有荊棘，我總覺得是可愛的，假如我能循著你的足跡走。你將永遠可以看見我準備著跟隨你。我讀你的描述德行的利益的書信，比讀你從前靈巧的注入情感之毒的書信，將要更為喜悅。你現在不能沉默而無罪。我是被那樣強烈的愛情所迷惑，才那樣誠懇的求你給我寫信，但是我要給你寫多少封才能得到你的一封？我在苦難之中的唯一的慰藉，你都拒絕了，因為你以為那是有害的。你是想冷酷的對待我，使我不能不忘你，我倒不怪你；但是現在你不必怕了。上天為我的好而懲責我的這場幸運的病，發生了一切人與你的冷酷所不能發生的效果。我現在看透了，當初我們傾心的幸福，以為是永久的，實是虛幻而已。我們因此什麼恐怖什麼悲哀沒有受過！

主啊，世界上沒有快樂，除非德行所給的。在一切世俗的歡樂場中，心上覺得一刺；心裡總是凌亂不安，除非到了把心交給上帝的時候。阿伯拉，我在隱居的時候心裡還燃著在世間焚燬我的火焰，那有多苦？我看著圍繞我的牆都嫉惡；一小時像一年似的長。我千般的後悔把自己埋在此地。但是自從上天的慈悲打開了我的雙眼，景象全部改變了；寂寥是可愛了，此地的和平滲入我的心靈。我盡了我的責任而滿足了，這種樂趣不是財富奢華與肉色所能有的。我的寧靜的確是代價不小，因為是用我的愛情的代價買來的；我做了一個我的力量所不勝的犧牲。但是我若是硬把你從我的心上扯開了，你不要嫉妒；是上帝替了你占據我的心，本來這個總是應該屬於上帝的。你知足吧，你在我的心裡有一個位置，並且永遠不會失掉的；我想起你總是私心快慰，並且我覺得是一件光榮，去服從你將給我的規律。

寫至此，我接到了你的一封信；我就要去讀，立刻答你。我給你寫信如此的迅速，你可以看出你對於我永遠是可愛的。

你很慇懃的怪罪我延遲不報告消息給你；我的病便是諒恕了。我沒有一個時候不想念你。你說我的沉默使你不安，你又很仁慈的關心我的健康，我謝謝你。你告訴我，你的身體也是很弱，你還以為你是合該死去。你這個殘忍的人，你怎麼這樣的冷淡的告訴我這樣確實的消息使我苦痛？我上次寫信告訴你，假如你死了我是何等不幸，假如你是愛我，你該珍重你的身體。我曾表明我需要你的勸告，所以你要珍攝你自己；——我也不必再重複的說了。你盼望我們在祈禱中別忘了你：啊，親愛的阿伯拉，你可以信任我們的熱誠，我們忠誠對你，你不該怕我們遺忘了你。你是我們的父親，我們是你的孩子，你是我們的嚮導，我們服從你的指引，完全相信你的虔誠。你的命令，我們服從，我們誠懇的執行你所聰明的吩咐的。除了你的指引以外，我們不稍懺悔，因為我們恐怕跟隨的是盲目的熱心，而不是真實的善。總之，凡非阿伯拉所認可的，我們都不認為是對的。有一件事你告訴我使我迷惘了——你聽說我們尼姑裡有些不大正經，守規不嚴。你是曉得近來寺院裡的人是什麼樣的，你應該覺得這是奇怪嗎？父親安置他們的兒女的時候，能和他們磋商旨趣嗎？他們唯一的規律還不是興味與策略嗎？寺院之所以充滿了令人非議的人，就是這個緣故。不過我要請你告訴我，你聽說的不規矩的事究竟是什麼，並如何可以謀適當的改進？我還沒有看出什麼放蕩的地方：我看出來的時候自有相當的處置。我每夜出去巡查，捉到走出去的人便把她送回房裡，因為我還記得巴黎附近寺院中發生的事。

你在信末歎恨你的不幸，願以一死了此殘生。像你這樣多的大天才也不能解脫你的厄運嗎？世人若讀了你給我的信，他們將作何感想？他們果然肯考慮你退隱的高尚動機，抑是以為你不過是杜門哀悼呢？你的青年學生將有何說，他們捨了世間生活的安逸，遠道的來聽你的嚴厲的教誨，假如他們發現你原來祕密的做你的感情的奴隸，你教他們防備的弱點竟使你成為遭害者，他們將作何感想？這個阿伯拉，他們所敬愛的偉大的領袖，恐怕就要損失名譽，成為他的學生的笑柄。假如這些理由還不夠使你在不幸中堅決不變，你看看我，你該羨慕我當初應你的請求毅然把我自己關閉起來。我們離別的時候我還年輕，（假如我敢信你所常告訴我的）配受任何人的愛。假如我不愛阿伯拉別的，只為的是色慾的快樂，那麼我失掉阿伯拉之後，別的男人也許可以安慰我。我的舉動如何你是知道的，恕我不再重述了；想想我屢次告慰你的話，我仍然最溫柔的愛你。我吻乾了你的眼淚，因為你既是權威小些，所以我也羞縮的好些。啊！假如你肯細心的相愛，我設的誓，我放縱的歡樂，我給的撫愛，都足以安慰你。假如你看出我漸漸的對你冷淡，那麼你也有悲哀的理由，但是自從你遭遇不幸之後，我對你表示更豐烈的愛情了。

親愛的阿伯拉，我不願再見你的信裡怨恨命運；你並不是唯一受命運打擊的人，你該忘記命運的舛誤。那是多可羞的事，哲學家而不能忍受任何人都許遭受的境遇。你依著我的榜樣治理你自己吧；我是生而有激烈的熱情，天天和情感爭鬥，終於得到勝利，把情感受理性的制裁。一定要一個脆弱的心靈援助一個較優的嗎？不過我是糊塗了。我該這樣的寫信給我的親愛的阿伯拉嗎？給能實踐他所教訓的德行的他？假如你怨恨命運，不單是表現出你感到命運的打擊，實在更足以表現出你是要暴露你的敵人圖謀陷害的可惡。阿伯拉，讓他們行盡了他們的毒計吧，你只須繼續的吸引你的聽眾。你去發現那上天給你保留的智識的寶藏；你的敵人，震於你的說理的燦爛，終於會敬服你的。全世界的人都信服了你的忠正，我那時候該多麼歡喜。你的博學，那是人人承認的；你的最大的敵人都承認凡是人類所能知道的事你無不通曉。

我的親愛的丈夫（我最後一次用這個稱呼！）我永不能再見你了麼？我在死前永不能再擁抱你了麼？薄命的哀綠綺思，你復有何說？你知道你所願望的是什麼嗎？你看見那雙閃亮的眼睛，能不憶起從前使你魂銷的溫柔的閃眼嗎？你看見阿伯拉的這副莊嚴的神情，能不嫉妒別人看見過這位動人的人嗎？那張嘴看上去不能不令人動心；總之，沒有婦人能看了阿伯拉這個人而不發生危險。所以不必要求再見阿伯拉；假如你對他的回憶都足以使你發生這樣多的煩悶，哀綠綺

慕蓉 J.HSI

思，當面見了他還了得嗎？你的心裡什麼樣的慾念不會惹起？你見了這樣可愛的人，你怎能還保持你的理性呢？

我告訴你我的隱居之最大的快樂；整天的思念你，滿腹悒鬱，到夜裡我便放心睡去。於是白晝不敢想念你的那個哀綠綺思，到夜裡便有見你聽你的愉快了。我的雙眼怎樣的凝視你喲！你有時就告訴我你的隱痛的原委，使我傷感不置；有時似又忘了敵人的狂暴，你把我摟緊，我就順從你，我們的心靈燃著同樣的情感，感覺著同樣的快樂。但是，啊！快樂的夢和溫柔的幻覺，多快的就消逝了！我醒來張眼不見我的阿伯拉；我伸雙臂去抱他，他卻不在那裡；我哭他也聽不見。我多愚蠢，把我的夢告訴不能領略這些快樂的你。但是阿伯拉，你在睡眠中就從沒有見過哀綠綺思嗎？你看她是怎個樣子？你還像從前似的向她細話溫柔嗎？你醒來是喜悅還是悲哀？恕我，阿伯拉，恕一個錯誤的情人。你從前一舉一動都有一種活潑可愛，我不再盼了，我也不再要你的情感的答覆。我們已嚴肅的自律，要犧牲一切，服守清規。我們該用心想我們的責任和規律，我們不得不離散的理由，我們要善為利用。阿伯拉你將幸福的度你一生，你的慾望與野心將不致成為你的獲救的阻礙。但是哀綠綺思一定要哭，一定要永遠哀傷，還不敢確信她的眼淚是否於她的獲救有濟。

我本想我的信止於此了，不告訴你這幾天此地發生的事。一個年輕的尼姑被迫入庵，後來我不知她如何設計脫逃，和一位男子逃到英格蘭去了。我吩咐大家隱瞞這件事。唉，阿伯拉！假如你在我們近旁，這樣事可以不致發生，因為所有的眾尼都喜歡見你聽你講，不會胡思亂想，只要實行你的指導與規則。假如你在領袖我們，勸我們在神聖中的生活，這個年輕尼姑或者永不會做出這樣罪過的事。假如你的眼睛看著我們的行事，行事自然純潔。當我們滑倒的時候，你會扶起我們來，以你的勸誡安置我們；我們要在這德行的粗路上穩住腳步行走。我開始看出，阿伯拉，我在給你的寫信上面取樂太多了；我應該燒燬這封信，這封信表示出我還是深深的愛你，雖然在開始的時候我極力說明我不愛你了。上天慈悲與情感的兩股潮流，我都感覺到了，我輪流著傾向到一方面去。憐憫吧，阿伯拉，你把我帶到了這個狀況，讓我最後的這幾天平安過去吧，最初的幾天既然是煩擾不寧。

第六函

阿伯拉寫給哀綠綺思

別再給我寫信了，哀綠綺思，別再給我寫信了；於我們懺悔有礙的通信，如今已到該停止的時候了。我們從世間隱退，原為的是洗滌我們自己，我們行為卻與耶教道德相反，不免要觸犯耶穌基督。我們別再以回憶舊樂騙我們自己了吧；只是自尋煩惱，毀壞寂靜的甜蜜罷了。嚴肅的生活，我們要善為利用，痛悔前非之際，莫再保存我們的罪惡的回憶。從前的我們的荒唐一筆勾銷，此後的我們是身心克制，厲行齋戒，永遠寂寥，深沉神聖的玄思，誠懇的上帝之愛。

我們把宗教的完美做到最高點吧。耶教徒的心靈能這樣的解脫塵世，解脫世人及他們自己，超然獨立，不黏滯於外物，視外物如奴僕，這是多美的事。我們以上帝為鵠的，我們便永遠不會飛升得太高。無論怎樣努力，永遠不能十分的達到最高神聖的地步，即使我們的意想也是很難達到。我們要解脫世人並解脫我們自己，為上帝的光榮而有所作為，不必顧慮我們自己的慾念，或別人的意見。假如我們有這樣心理的狀態，哀綠綺思，我便情願去住在巴拉克利特，並照護我所建立的道院，祝福於它。我將以言語施教誨，以身作則來激其熱心：我將留意眾尼的生活，非我自己所能行者不令人行：我將指導你的祈禱，冥想，苦工，守持沉默的誓約；我自己也將祈禱，苦工，冥想，沉默。

我每有言語，必將是在你將顛覆時來扶持你，在你的弱處幫助你，在你隨時可以遇到的黑暗蒙昧之間啟牖你。在這些有德行的人所採用的嚴律之下，我將安慰你：我將節制你的熱狂與虔誠，使你的德行有一個平衡的發展：我將指出你該盡的責任，滿足你因理性太弱而生的懷疑。我將做你的主人與父親，我因著奇異的天才，隨時可以變成活潑或遲鈍，溫柔或嚴厲，在向著耶教完善的苦痛的途中，我將引導眾人，視他們不同的人性而改變我的態度。

但是我想入非非了吧！啊哀綠綺思！我們離這樣幸福的境界多麼遙遠呀？你的心裡還燃著你不能撲滅的火，我的心也充滿了煩悶與驚擾，哀綠綺思，你不要以為我在此地享受完全的和平；我將要最後一次把我的心開放給你：——我現在還不能和你脫離，雖然我多方的努力，想不要過度的愛你，但我仍然是十分關懷你的悲哀，並且總想能為你分憂。你的信實在使我感動；你那隻親愛的手寫下的字，我讀過不能無動於衷！我因之歎息飲泣，我的理性不足以把我的弱點瞞過我的學生。不幸的哀綠綺思呀！這就是悲苦的阿伯拉的狀況。這個世界，觀念總是錯誤的，以為我是享受和平，以為我愛你只為的是色相的滿足，如今忘了你。這是何等錯誤！人們說得不錯，我們離別的時候我是因為羞媿愁苦而出家的。你曉得的，當初實在不是因為獲罪上帝而誠心懺悔，不是上帝啟示使我隱退。雖然，我卻把我們的不幸當做上天的懲罰我們的罪惡之祕密的計畫；把福爾伯特看做上天報復的工具。神恩扯我入了一個庇護的場所，如其敵人怒氣准許，或許還可以在那裡停留著；我忍受了敵人的一切迫害，深信必是上帝誘致他們好來滌淨我。

上帝看出我是完全服從上帝意旨的時候，上帝就准許我表白我的信仰；我便宣示我的信仰之純潔，並且終於要表示我的信仰不但是正統的，而且完全沒有新異的嫌疑。

假如除了我的敵人之外沒有可怕，除了敵人的陷害之外沒有別的阻礙我的拯救，我就幸福了。但是，哀綠綺思，也使得我戰慄，你的信告訴我你做了人類情愛的奴隸，你若不能戰勝你便不能獲救；在這個磨鍊之中你願我占什麼樣的位置呢？你願我窒塞聖靈的啟示嗎？

你要我安慰你，把惡魔令你灑的淚弄乾了——這便是我的修行的結果嗎？不，我們的決心再堅定些吧；我們不算是休隱，除非哀悼我們的罪，仰望著上天；我們盡心的獻身給上帝吧。

我知道什麼事都是開始難，不過勇敢的創作一件大事卻是很光榮的，並且愈艱難則光榮亦愈增加。我們因此應該超越一切阻礙，凡能阻止我們實行耶教德行者一概越過。人在修道院裡就如同真金不怕火煉一般。沒人能在那裡長久居住，除非他配帶著耶穌的羈絆。

束縛你於肉體的可羞的鎖鏈，你設法破除吧，假如你邀天之助居然能這樣的超脫，我請你在祈禱之中別不想著我。盡你全力做一個完美的耶教徒的榜樣，我知道是難，但非不可能；我知道你是可教之材，盼你能得這樣美的勝利。假如你最初努力是弱的，別就失望，因為那便是怯懦了；我願你知道，你必須要受大苦，因為你要奮力征服一個可怕的敵人，撲滅一把狂暴的火，降服你的最親愛的情感。你要與你自己的慾念爭鬥，所以不要被你自己的邪惡之心壓倒。你要和一個狡獪的對手抗衡，他能用各種方法引誘你；你常常要留意。我們活著的時候處處可受引誘；所以一位偉大的聖徒說過：「人生就是一個長久誘惑。」惡魔從來不睡的，不斷的圍著我們走，在不提防的那幾方面就好闖進了，鑽入我們的靈魂毀壞了它。

無論一個人怎樣完美，他也許墮入誘惑。還許是墮入有用的誘惑。人永遠不能避除誘惑的來源；一種引誘尚未解脫，另一誘惑又來攻擊我們。亞當後裔便落到如此，他們總有一點苦難磨折，因為他們犧牲了原始的幸福。我們常常自信，以為脫逃即足以戰勝誘惑，殊不知我們若不加上耐心與謙抑，徒然是無益的受罪罷了。我們無論用什麼自己的方法，總不如求上帝的幫助之較為可以穩妥的達到我們的目的。

哀綠綺思，別改變你的心，信任上帝吧；你就可以少陷入誘惑裡了：誘惑來了的時節，剛生下來就把它制死，別令它在你心裡生根。古人說：「患病須在初起時醫治，等到病勢健旺，藥石便無效了。」誘惑也是有階級的，最初不過是一念之微，不像是有危險的，想像毫無畏懼的承受這些念頭；快樂漸漸增加；沉溺於其中；終於被其征服。

哀綠綺思，你現在可讚美我設法使你按著聖徒的步法行走的苦心嗎？我的話可給了你一些懺悔的意味嗎？你還不懺悔你的放浪，你還不像馬德蘭似的願能以眼淚洗救主的腳？如其你尚無這樣的熱烈的願望，我願你受這樣的啟示。我將不斷的在我的祈禱裡提拔你，求上帝幫助你去神聖的死。你已脫離塵世，那裡還有什麼配使你留戀？永遠

張眼望著上帝，你的殘生已經獻奉了他。塵間一生是苦痛的；肉身的的需要對於一個聖徒便都是苦痛。那個尊貴的預言家說過：「主啊，請解除我的需要吧。」有許多人是不幸，而不自知；不過自知不幸而又不能斥惡時代腐敗者，實在更為不幸。人而黏滯於塵世的事物，那是何等愚蠢！終有一天他會恍然大悟，錯愛了這些虛偽的好東西，然而悔之晚了。真虔誠的人不這樣錯誤的；他們不沾染一切色慾的快樂，把慾念提高到上天。

開始吧，哀綠綺思；別遷延了，立刻實行你的計畫吧；你還來得及去得拯救。愛基督，並且因基督的緣故輕視你自己；基督將占有你的心，成為你的歎息眼淚的唯一的對象，除了在基督的身上以外，別尋別的安慰。假如你不和我脫離，你將與我同歸於盡；假如你離開了我而攀附著基督，你將是穩妥安全了。假如你逼迫主捨棄你，你將陷入苦惱；假如你對主忠誠，你將得快樂。馬德蘭哭泣了，以為耶穌捨棄了她，但是馬沙說了：「看哪，主在喚你呢。」要勤於你的職責，忠實的服從神恩的啟示，耶穌便維護你。哀綠綺思，用心聽我給你的教訓：你是一團體的首領，你知道一個過私人生活的人，和一個管理別人生活的人，是不同的：前者只須為自己的超度而工作，在盡責的時候也無須這樣鮮明的為善；但是管理別人的人呢，要做個榜樣以為策勵別人盡量為善之地。我請你記住這條真理，並且要終身服膺，做一個宗教隱者的最完美的模範。

上帝很願我們獲救，並且使我不感覺其方法之難。在舊約裡，上帝在律條中寫下他所需要我們做的事，所以我們尋求上帝意旨不致茫然。在新約裡又寫下了慈悲的律，意思是說慈悲永遠可以在我們心裡出現；上帝知道我們天性之柔弱無能，所以給我們恩惠幫助我們實行他的意旨。好像這還不足，隨時的在個個禮拜堂裡選派出一般人來，以他們的生活的榜樣激發別人盡他們的責任。為達到這個目的，上帝選了各種年紀，性別，狀況的人。這些不同的德行的模範，你試努力全集於你一人吧。要有貞女的純潔，隱士的嚴肅，主教的熱誠，烈士的堅持。要一生謹飭的盡一個神聖的聰慧的超等人的責任，然後平常認為可怕的死，對你也覺得可愛了。

預言者說：「上帝的聖徒之死，在主的眼前是很可寶貴的。」為什麼他們的死比較罪人的死有這樣的優異處，這理由不難發現。我可以提出三點，預言家或者要這樣說的：——第一，降順上帝的意志；第二，他們不斷為善；最後，他們有戰勝惡魔之勝利。

一個聖徒若慣於降順上帝意志，死時是毫無遲疑的。他快樂的等候著（格來格里博士說），裁判者獎賞他；他不怕脫離這個悲慘的凡生，以另開始不死常樂的一生。這個神父又說，罪人便不如此了；他恐懼，然亦非無理，稍有微病他就要戰慄；死對他是可怕的，因為他怕見開罪的裁判者；因為時常浪棄上天的恩惠，所以他知道無法可逃他的罪惡的譴責。

聖徒還有優於罪人之處，生時既熟悉於虔誠的工作，所以能無礙的實行，每次戰勝惡魔便增加一分新的力量，在死的時候便有獲得勝利的把握，一切的永生無極，靈魂與創造者之幸福的結合，全都靠著這個勝利而定。

哀綠綺思，我希望你於悔恨過去生活之放蕩以後，可以「正義的死去了」。唉，能得這樣結果的人多麼少呀！為什麼呢？因為愛基督十字架的人太少了。人人願意獲救，但是很少的人願遵守宗教定下的方法。但是不靠十字架便不得救：那麼為什麼拒絕採用呢？我們的救主在我們以前不就是帶了十字架，為我們而死，終久我們也許要帶十字架並且願望死嗎？聖徒都受過磨難，我們的救主他自己一生就沒有過一個鐘頭而不苦惱的。所以別希望能夠免除受苦：哀綠綺思，十字架永遠是在手邊，當心別不甘心的接受，因為這樣的適足以使之更為沉重而你也無益的更苦惱了。反轉來說呢，假如你甘心的勇敢的帶著十字架，你的一切苦難磨折可以在你心裡產生一種神聖的自信心，因此可以在上帝那裡尋得安慰。我們的救主說：「我的孩子，捨棄你自己吧，舉起你的十字架來隨從我。」啊，哀綠綺思，你懷疑嗎？聽到這樣搭救的命令，你的心靈還不狂喜嗎？這樣充滿了仁慈的言語，你不受感動嗎？哀綠綺思，留心不要拒絕一個丈夫的要求，他比塵世任何情人都更可怕呢。你若因怠慢無情惱怒了他，他就許把愛情變為怒氣，令你嘗受他的報復。你將來立在他的裁判之前，你怎能見他？他將責問你為什麼輕視他的慈悲，他將告訴你他曾如何為你受苦。你能回答什麼？他那時候將不肯寬恕：他將對你說：「去吧，驕傲的東西，在永久的火焰中間居住吧。我把你與塵世隔離，為的是洗滌你的罪惡，而你不贊成我的措置。我本想救你，而你自甘暴棄；去吧，惡人，去領受邪惡的人的命運吧。」

啊，哀綠綺思，防止這樣可怕的話，過一個聖潔的生活避免這為罪人預備的責罰吧。那些可怕的酷刑就是一生罪孽的結局，我簡直不敢描寫給你聽。那些酷刑一入我的想像，我便驚駭萬分。但是，哀綠綺思，被罰者的嚴刑我還不能臆想得到；世間的火不過是地獄裡焚燒他們的火的影子；我也不必把那無窮的苦痛細數你聽，不過他們感到失去了上帝，使得他們的慘痛益發增加。相信這個的人誰還敢犯罪嗎？我的上帝！我們敢開罪你嗎？縱然你的慈悲不能使我們愛你，怕入這個苦痛深淵的懼心也是足以使我們不敢做你不歡喜的事了。

哀綠綺思，我不懷疑你今後必是誠心的從事於你的拯救；這應該是你唯一的事業。所以要永遠把我從你心裡拋棄，——這是我能給你的最好的勸告，因為我們罪惡的愛過的一個人，時常憶起他是有害的，無論在德行方面我們有多少的進益。你把對我的不幸的情念解除之後，行什麼善事都很容易；最後你的生活和基督的生活相合的時候，你也就覺得死是很稱願的了。你的靈魂將快樂的離開軀殼，照直的飛向上天。然後你可以很坦然的面對你的救主；你可以不必讀那裁判之書裡所寫下的你的刑罰，而你可以聽見救主說，來，分享我的光榮，並且享受我指派的給你的德行的獎賞。

別了，哀綠綺思，這是你親愛的阿伯拉的最後的勸告；我最後一次勸你服從福音的規律。上天准許，曾經感受我的愛情的你的心，現在要受從我的熱誠的指導。常在你心頭縈繞的親愛的阿伯拉的感念，今後要改為真心懺悔之阿伯拉的形影；為你的拯救而流淚吧，就像你為我們的不幸而流的那樣多吧。

譯後記

梁實秋

民國十七年夏在北平，在菊農處借得這部情書的英譯本，是Temple Classics叢書本，一九二二年之第六版，是毛爾頓女士（Miss Honor Morten）編註的，譯文是從一七二二年的Watt's edition翻印的。我的譯文完全是根據這個本子譯的。據毛女士說，從前刊行的情書有五、六十種版本，全是根據一六一六年在巴黎印行的拉丁文本。前兩年George Moore還刊行了他的譯本，我想大概是最新的譯本了。但是我完全沒有能參考。

這幾封信，究竟是真是假，早已聚訟紛紛，這段公案只好留給考據家去鑑定。不過從文學方面看，這幾封信是很好的作品，不管它是真的也罷，假的也罷，半真半假的也罷。反正讀了能令你感動。

我譯這部情書本來不過是為練習，每天在太陽曬滿多半個院子以前，坐在廊下隨便譯幾頁，頂多譯五、六頁，沒想到一個月後居然譯完了。我如今刊行這部情書，卻有幾句解釋的話要說。「情書」是一個很誘人的題目，那一個青年男女看見「情書」能不興奮？我不是要在青年的慾焰上再澆油，我覺得煽惑感情是很容易的一件事，把情感注入在正軌裡，不使其旁出斜逸，這才是正當的工作。誘發情慾的書多得很，當今不少一束一束的情書發表。但是這一部古人的情書，則異於是，裡面情致雖然纏綿，文辭卻極雅馴，並且用意不在勾引挑動，而在情感的集中，純潔而沉痛，由肉的愛進而為靈的愛，真可謂超凡入聖，境界高超極了。我的一位老師說過：「人生有三種境界：一是自然的，二是人性的，三是宗教的。」在自然的境界，人與禽獸無異；在人性的境界，情感得到理性的制裁；在宗教的境界，才有真正的高尚的精神生活。在現今這個人慾橫流的時代，我們要努力的該是以理性制裁情感，像我如今譯的這部精神的情書，大概是不合時宜吧？

——民國十七年八月二十日

《阿伯拉與哀綠綺思的情書》再版後記

梁實秋

我在〈譯後記〉裡說錯了一句話，我說「前兩年 George Moore 還刊行了他的譯本。」他並不曾譯過這部《情書》。胡適之先生於是年十二月二十九日寫信給我，他說：「……George Moore 的書，是一部長篇小說，兩大冊，是他晚年的一部傑作。此書出版後，他的朋友 G. K. Scott Moncrieff 又從拉丁文原本把他們的情書全部譯出。由 Alfred Knopf 出版，這是第一次的完全譯本。篇首有譯者與 Moore 往來的長書。我有此書，今送上供你校勘之用……。」我很感謝胡適先生的指正並借我看蒙克利夫的譯本。

我根據的英譯本，「實在不是翻譯，而是述意」，在〈英譯本編者序〉裡已經聲明過了。所以我讀了蒙克利夫譯本之後，發現了許多不同的地方，我雖然得到了極大的喜悅，但是我並不驚異。蒙克利夫的譯本是最新的最完全的最可靠的英譯，能讀英文的人最好讀這個本子。但是我不能乘我這中譯再版的機會照蒙克利夫譯本來修改，因為兩種英譯相差太遠了；我也不能說我可以根據蒙克利夫的英譯重新再譯過，因為蒙克利夫的英譯頗能保存拉丁文的風格，若譯成中文真不是易事。我所根據的英譯本雖然是不完全的，但是文筆最流暢顯豁，讀者看起來比較的省事一點，所以我還是由它再版了。

蒙克利夫譯本共有八封信，我根據的譯本只有六封信。蒙克利夫譯本前面還有兩封信，一封是譯者寫給 Moore 的，一封是 Moore 寫給譯者的，這兩封信也是很有價值的。他們兩個人都很懷疑第一封信是真的，其實這也是人人都看得到的。因為第一封信完全是敘述的性質，頗像後人捏造，但是我們不能不承認，這捏造的確捏造得不壞，並且也很用得著，設若沒有第一封信，全書便沒有頭緒。蒙克利夫特別的指斥普通英譯本（大概即我所根據者）之竄改處，例如阿伯拉被哀綠綺思的婢女所愛一段，便是附會。其實全部的情書究竟是真是假，還是一個聚訟紛紜的問題，局部的真偽倒還是次要的問題了。考據的事我還留給考據家去做。

一九二九年十二月六日　上海

——原載一九三〇年三月上海新月書店再版《阿伯拉與哀綠綺思的情書》

情書是這樣寫的

楊小雲

世間最令人魂牽夢縈的信有兩類，一是「家書」，一是「情書」。前者予人溫暖甜美之感，對遠方遊子或處於兵荒馬亂中的親人，一封報平安的家書，其價值足抵萬金。而情書除保有家書的特質外，更摻進了綺麗、纏綿與無限情意，在感覺上，要比家書更動人、更令人嚮往。

通常我們將戀愛中的男女往來的信件統稱情書。寫情書的動機皆因不得晤面又難遣思念之情，或以筆代口表達一些難於啟齒的情話，藉著文字宣洩積壓在心中如火的熱情；對熱戀中男女而言，並非難事。只是，要很貼切得體地寫出內在的感覺，卻需要一些文字基礎，否則便流於空洞粗俗，寫來講去不過是「好想你」、「好愛你」、「茶不思飯不想」等等笨拙的老套，自然寫不出「借問江潮與海水，何似君情與妾心；相恨不如潮有信，相思始覺海非深。」的文句。所以，在理論上，情書是人人會寫，但要寫得扣人心弦，文情並茂，則不僅需要真感情，還要有好文采。

最近讀了梁實秋先生翻譯的阿伯拉與哀綠綺思的「情書」，我終於真真正正懂得了「情書」的真意；原來情書是這樣寫的，這樣出自肺腑和心靈深處的語言、文字才配稱之為情書。寫這些情書的一對戀人，他們的著述、名望、地位都為人遺忘了。然而，他們的情書卻永生不滅，八百多年來，一直以各種文字被朗誦、引用、流傳，一直存活在世人心中，堪稱情書中之「絕品」，多少年來，再沒有任何情書能超越其上，即使再過八百年、八千年，它依然是唯一的、永遠的「典範」。

「情書」原作者是阿伯拉與哀綠綺思。阿伯拉是中古法國哲學家，論理學教授，又是天后宮牧師，是當時極負盛名之士。在三十七歲以前，一向輕視感情，過著極嚴肅的生活，直到遇見了十九歲的哀綠綺思，「光榮的渴望立刻在我心裡暗淡下去……我終日冥思，方寸大亂，感情猛烈得不容節制。」而哀綠綺思也同樣傾心於他，「從第一次看見阿伯拉我就開始獲罪於上帝。」兩人的戀情，不容於當時保守的社會，尤其觸怒了哀綠綺思的叔父（我懷疑他的心態和動機），買通了阿伯拉的僕人，趁他熟睡時，以利刃殘忍地割去了象徵男性的的器官，使他承受了人世間最大的羞辱。阿伯拉在滿懷憤恨之餘，決定進入修道院以平緩自己，但在他入院之先，要求他至愛的女子也皈依上帝，披上道袍進入尼姑庵，永絕紅塵；他不能忍受上帝以外的人再次擁有他的妻子、情人、學生。

而哀綠綺思，這位書中女主角，世間用情最專的曠世才女，竟然服從了他，以二十二歲青春之年住進了尼姑庵。過了十年苦修生活，兩人的心情都未能平靜，由於一封阿伯拉寫給友人的信，巧落在哀綠綺思手中，勾起壓抑多時的情緒，她寫信給阿伯拉，將當年強抑於心中的感情、矛盾、痛苦及渴盼，一洩無遺，文字中充滿了生命的煎熬、困頓、悔恨與一心向神的掙扎，既無法忘情，又不得再續前緣，在絕望中吶喊，一遍又一遍地相互鼓舞、激勵，在相互激盪中，感情由熾烈漸趨平緩，性靈由紊亂歸於平靜，最後兩人均由上帝的感召中獲得釋放，戰勝了自己，超越了俗情，獲得靈魂的幸福。

這六封情書，真摯動人，字字充滿了感情與血淚，其中許多文句，已成為後人經常引用的「成語」，常有熟識之感，如「你敢說婚姻一定不是愛情的墳墓嗎？」「人生就是一個長久的誘惑。」「假如人間世上真有所謂幸福，我敢信那必是兩個自由戀愛的人的結合。」讀此書時，淚水一直盈溢在眼中，情緒起伏不已。真的，有怎樣才情的人談怎樣的戀愛，如阿伯拉浩瀚、豐沛之男子，才能欣賞哀綠綺思這般思想獨特、才貌雙全之女子，也唯有她的勇氣與信服，方得體悟到愛情與生命的真諦。

二十世紀的人們在提到愛的故事時，最先想到的是「羅密歐與朱麗葉」，但是，在讀了阿伯拉與哀綠綺思的情書後，深覺世間最偉大的愛情是屬於這對苦命戀人，他們將人類的愛情提昇到神聖境界，和上帝之愛融合化一，這分高超的情愫，又豈是現代人「速食」愛情，「功利」愛情，「肉慾」愛情所能及於一二？

梁先生譯文流暢無比，將原文精髓表露得至美至真，傳神而暢達，全無半點艱澀之感，席慕蓉女士的插畫，精雅細緻、委婉含蓄，名著、名譯、名畫，倍增完美，捧書誦讀，愛不忍釋。願天下有情人共讀此書，願天下有情人，同為書中男女主角一掬同情之淚。

——原載一九八六年二月三日《中華日報》副刊

書窗偶拾

——一個寂寞的字

徐國能

少年讀書，如隙中窺月；
中年讀書，如庭中望月；
老年讀書，如臺上翫月。
——張潮・幽夢影——

二〇〇一年，美國科技第一大廠惠普（HP）併購了康柏（Compaq），負責這項業務的是惠普設立於德拉瓦州的「哀綠綺思公司」，起初，沒有人知道這家地處偏遠名字又奇怪的小公司在做些什麼，直到消息公布，業界才恍然其中款曲。

「哀綠綺思謹以奴婢、女孩、妻室、妹妹，及一切卑下的恭敬的親愛的名義，寫這封信給她的阿伯拉，她的主上、她的父親、她的丈夫、她的哥哥……」每一封信的開頭，哀綠綺思小姐總是這麼說。

西元一一一四年，十九歲的法國少女哀綠綺思愛上了修道院裡才高學博的僧侶阿伯拉（Pierre Abelard），兩人在火裡擁抱，在水裡交纏。阿伯拉因此被教會驅逐、遭殺手暗算；哀綠綺思棄家私奔，祕密產子，通過了無數艱難，兩人終於比翼連理，死後合葬於巴黎拉舍斯墓園，至今為人憑弔。如果現代的商業間諜，曾經讀過這段十二世紀時幽微而堅貞的愛情故事，那麼或許可以破解惠普總執行長菲歐麗娜女士的謎語，商場風雲，自當又有一番不同的崢嶸了。

少年時候懵懵懂懂地翻過梁實秋譯的《阿伯拉與哀綠綺思的情書》，十解其一，據說梁氏初將他的翻譯刊登在月刊之時，對這束情書有著這樣的評語：「古今中外的情書，沒有一部比這個更為沉痛、哀豔、悽慘、純潔、高尚的。」回憶過去讀書的感受，似乎沒有梁氏所說的如此強烈，也許那時並不明白愛情是怎麼一回事，又或許這樣的故事，應該讓徐志摩來翻譯才更精彩。事隔多年，惠普的「哀綠綺思公司」又勾起了我少年讀書的一些回憶，我不知道這些美國商人是懷有一份人文的執著還是愛情的憧憬。人面獅身的謎語在古代考倒了無數行旅沙漠的智者；這個謎一樣的公司，也用一則愛情的隱喻，騙過了縱橫捭闔的生意老手。只是總有一點莫名的感嘆，像愛情一樣的商業行為固然浪漫，但愛情被拿來掩護商業行為則令人憮然。

但當今文化就是如此，愛是一個氾濫的字，收音機裡的歌詞終日在傾訴愛的喜悅與苦惱，影視聲光裡所要傳達的也無非是愛的相關話題，我們總是如此善用與濫用愛這個字，無論是替自己的人生找到一個堂皇的理由；或是心虛地多賺一塊錢。因此愛也是一個不被理解而特別寂寞的字，總是在不經意間被無心地誤用或刻意地占有，古往今來企圖解釋它的人都失敗了，無論是用文字或是肉身。而商業社會習慣了價值取向，因此總是比較在乎「愛」能帶來什麼好處，能完成那些交易。

所有的文學，大概也離不開這個題材。問起寫武俠小說的朋友，他說他還沒有完成的故事，乃是描述一個尋找愛的少年，最後找到了恨。

靜夜星空，令人憮然良久。並不是「為花憂風雨，為才子佳人憂命薄」的那種菩薩心腸，一個還沒有完成的虛構悲劇所預示的，究竟是人生的一個變相，還是共相？

所有的愛到最後都那裡去了呢，落花抑或墳墓？

就像這兩家以愛為名而結合的公司，幾年下來，運作似乎不如預期的順利。每當這種時刻，昨日之愛便成了一種巨大的冷笑。小說家張愛玲最擅長嘲弄這些因為愚騃而形成的尷尬，以及虛偽將要拆穿時的滑稽。不過她總是不寫出恨這個字，而寫成寂寞，一個少年去尋求愛而找到了寂寞。寂寞比恨悠長，比恨真實，也更貼近人生的處境，無論這個愛是得到了祝福還是留下了遺憾，隨著歲月，慢慢都會形成一種寂寞吧！歡笑遠離了，灰塵積厚了，老鐘遲邁地準時，陽光還是一樣燦爛的花園，每逢這種星期日，每一朵花開著都是一種愛的寂寞。

這使我想起了巴西的小說家阿馬多，在薩爾瓦多小鎮上與妻子嘉泰共度五十載的晨昏，深度詮釋了歲月靜好、現世安穩的可能。兩人遺囑將他們的骨灰撒在生前經常散步的芒果樹下，果實甜美，世事平淡，當記者拍照完畢，遊人相偕散去後的星期日傍晚，阿馬多的愛的遺蹟賸下些什麼呢？

在我的心中總是浮出這樣的黃昏：教堂的晚鐘拂遍青石階梯，家家戶戶的廚房中傳出肉桂或丁香的氣息，夕陽中滿樹黃金，一隻翠鳥在林間啁啾爾後飛去。白禮帽白西裝的男人在芒果樹下闔上書本，身影漸漸融進暮色。那本書燙金的封面已有些剝落了，不過沒有關係，我們知道，他必是剛讀完了一個寂寞又寂寞的故事。

——本文收錄於二〇一三年一月出版《綠櫻桃》（九歌）

九歌文庫 1136

阿伯拉與哀綠綺思的情書

The Love Letters of Abelard and Heloise

作者	阿伯拉 Pierre Abelard、哀綠綺思 Heloise
譯者	梁實秋
繪者	席慕蓉
責任編輯	施舜文
發行人	蔡文甫
出版發行	九歌出版社有限公司 臺北市105八德路3段12巷57弄40號 電話／02-25776564・傳真／02-25789205 郵政劃撥／0112295-1
九歌文學網	www.chiuko.com.tw
印刷	晨捷印製股份有限公司
法律顧問	龍躍天律師・蕭雄淋律師・董安丹律師
初版	1987（民國76）年1月
增訂新版	2013（民國102）年6月
定價	**260元**

書號	F1136
ISBN	978-957-444-886-9

（缺頁、破損或裝訂錯誤，請寄回本公司更換）

國家圖書館出版品預行編目資料

阿伯拉與哀綠綺思的情書 / 阿伯拉(Pierre Abelard), 哀綠綺思(Heloise)著 ; 梁實秋譯 ; 席慕蓉圖. -- 增訂新版. -- 臺北市 : 九歌, 民102.06

面 ;　公分. -- (九歌文庫 ; 1136)
譯自 : The Love letters of Abelard and Heloise
ISBN 978-957-444-886-9(平裝)

871.58　　　　102007593